あの夜に宿った永遠

アニー・ウエスト　作

茅野久枝　訳

ハーレクイン・ロマンス

東京・ロンドン・トロント・パリ・ニューヨーク・アテネ・アムステルダム
ハンブルク・ストックホルム・ミラノ・シドニー・マドリッド・ワルシャワ
ブダペスト・リオデジャネイロ・ルクセンブルク・フリブール・ムンバイ

DAMASO CLAIMS HIS HEIR

by Annie West

Published by Harlequin K.K., Tokyo, 2015

アニー・ウエスト

家族全員が本好きの家庭に生まれ育つ。家族はまた、彼女に旅の楽しさも教えてくれたが、旅行のときも本を忘れずに持参する少女だった。現在は彼女自身のヒーローである夫と２人の子とともにオーストラリア東部、シドニーの北に広がる景勝地、マッコーリー湖畔でユーカリの木に囲まれて暮らす。

主要登場人物

マリサ……………ベンガリア王国の王女。
ステファン…………マリサの双子の兄。ベンガリア王国前国王。故人。
シリル………………マリサとステファンの叔父。ベンガリア王国現国王。
ダマソ・ピレス……高級リゾートの経営者。
アドリアナ…………ダマソの元恋人。
エルネスト…………ダマソの執事兼ボディガード。
ベアトリス…………ダマソの使用人。家政婦。

1

のだろうか？

美しい金髪は、何も珍しいものではない。それでも最初の日、怖がりもせずに筏《いかだ》に乗ってずぶ濡《ぬ》れになった彼女を見て、ダマソははっとした。彼女の発散する強いエネルギーに引かれ、特別な結びつきを感じた。

「マリサ、ここにいたのか。あちこち捜したよ」若い男性が茂みの中から現れて、彼女の横に立った。このブラッドリー・ソルトラムは十八歳ぐらいに見えるが、じつは七桁の年収を得ているコンピュータ・マニアの実業家だ。

ブラッドリーがマリサの体をじろじろ見る様子に、ダマソはいらだった。カメラを持ってうずくまっている彼女の後ろ姿は、美しい曲線を描いている。

マリサが顔を上げたとき、ダマソはブラッドリーには見えなかったものを見た。マリサは振り向く前に、やれやれというようにため息をついたのだ。

ダマソはその女性を見て、はっと息をのんだ。

これまで大勢の女性を相手にしてきたが、ひと目見て鼓動が速まるなんて、いつ以来のことだろう？

女性はひとりきりでしゃがみこみ、地面に咲く花の写真を撮っている。花に夢中で、彼には気づいていないようだ。

リゾートでの探検ツアーが始まって以来、ダマソはずっと彼女を意識していたが、彼女からは他の誰にでも向ける曖昧な笑みしか返ってこない。まったく腹立たしい。

ダマソは好奇心をそそられた。彼女はわざとそっけない態度を取って、ぼくの気を引こうとしている

「ブラッドリー！　どこに行ってたの？」マリサはまぶしいほどの笑みを浮かべて言った。

ブラッドリーはマリサが立ち上がるのに手を貸した。腕を支えられて、マリサは甘えるようにブラッドリーにほほえみかけた。

ダマソは胃のあたりがこわばるのを感じた。駆け寄ってブラッドリーをマリサから引き離したい衝動を覚えて、指がむずむずした。

ブラッドリーが露骨に胸元を見下ろしているのに、マリサは少しも動じず、笑っている。

マリサは半ズボンとハイキング・ブーツをはいていて、ダマソの視線はよく日に焼けた脚に引きつけられた。彼は大きく息をのみ、自分の欲望とともに、青りんごの刺激的な香りを意識した。

ダマソの鼻をくすぐっているのは、彼女の香りだった。そんなことがあるだろうか？　彼は離れた物陰に立っていて、香水まで嗅ぐには遠すぎるのに。

マリサは体の向きを変え、ブラッドリーと一緒に小道を歩きはじめた。背中で長いポニーテールが揺れている。この一週間ずっと、ダマソはそのつややかな金髪をなでて、どれほど柔らかいか確かめたいと思っていた。それでも彼は、あえて彼女に近づかずにいた。

彼女はベンガリア王国のマリサ王女。甘やかされた、とんでもないパーティー・ガールだ。タブロイド紙は彼女のことを、上品で貞節な王女のイメージからかけ離れた、わがままで奔放な女性だと書き立てていた。

彼女はこの探検ツアーで、どの男にも気のあるような態度を取っていたが、ダマソだけは無視している。それに気づいたとき、彼の体は熱くなった。

ダマソは貞節になど興味はない。多少奔放なほうが、短いバカンスを楽しむ関係には好都合だ。ダマソは笑みを浮かべ、小道の先へと彼女を追った。

マリサは滝の水しぶきを顔に受け、ひんやりとした感触を楽しんだ。手足を伸ばして崖にしがみつきながら、心地よい疲れとほとばしるアドレナリンに、血が熱く脈打っている。

そう、これこそがわたしの求めていたもの。今はよけいなことは考えず、何かに挑戦したい。

「マリサ！　こっちだよ！」

声がしたほうに顔を向けると、ブラッドリーが、滝から離れた崖の高みから彼女を見ていた。自慢げな笑みを浮かべて。

「あら、すごいじゃない！　あなたならできると思っていたわ」ブラッドリーは、じつは高所恐怖症だと打ち明けていた。比較的簡単にのぼれる場所でも、彼にとっては偉業だった。

ブラッドリーの勝ち誇ったような笑みを見て、マリサは別の笑顔を思い出した。太陽のように輝く、まぶしい笑顔。ステファンはいつでも笑顔で冗談を言い、人を冒険に巻きこんでは、つまらない現実を忘れさせてくれた。

マリサは胸が苦しくなった。そんな心の痛みなど、ブラッドリーが知るはずもない。マリサは無理に笑顔を作って、彼を見た。「あとで、下で会いましょう。わたしは滝をもっと詳しく見てみるわ」

ブラッドリーが何か言ったが、耳の奥で高鳴る鼓動のせいで聞こえなかった。マリサは滑りやすい岩場の手掛かりをつかんで体重を移動させながら、巧みに滝をのぼっていった。

何かに挑戦し、その一瞬に気持ちを集中させることこそ、マリサに必要なことだった。肉体的な疲労以外、すべてを忘れたい。

マリサは思ったよりも高いところへ来ていた。だが、リズミカルに体を動かすことに夢中で、ガイドが注意する声さえ聞こえなかった。

水しぶきが激しくなった。滝の轟音《ごうおん》に耳を澄ますと、心が洗われるようだった。

少し左手に行くと、勇敢な少年が滝壺《たきつぼ》に飛びこんだと言い伝えられている場所があった。マリサはためらった。向こう見ずなことをして、有名になりたいわけではないけれど、危険に身をさらせば何もかも忘れられるかもしれない。いちかばちかの冒険に出ることで、また人生に喜びを見いだせるかもしれない。

この世界は陰鬱で、悲しみと寂しさに満ちている。マリサは大きな喪失感に苦しんでいた。悲しみは時間とともに和らぐものだというけれど、今のマリサには信じられなかった。

滝の轟音が、マリサの心臓の鼓動と溶け合った。目を閉じると、からかうようなステファンの声が聞こえる気がした。〝どうした、マリサ。まさか、怖いわけじゃないだろうな〟

ちがう、私は何も怖くない。マリサは滝の脇にある小さな岩棚へ向かってのぼりはじめた。岩肌は滑りやすく、時間がかかった。

もうすぐ岩棚に着くというところで、何かの気配を感じた。そちらへ顔を向けると、マリサのすぐ右手に、ダマソ・ピレスがいた。このツアーが始まったときからずっと避けてきた、大柄なブラジル人男性だ。彼の黒い瞳で見られると、マリサはいつも不安になった。〝パーティー好きの王女さま〟という人格の裏まで、見抜かれてしまいそうな気がした。その険しい表情には、いつでもマリサのことを厳しく非難する叔父を思わせるものがあった。

そのとき驚いたことに、彼がほほえんだ。笑みを浮かべると、別人のようだった。戸惑うほどの魅力を感じて、マリサは全身が熱くなった。

ダマソと笑みはあまり結びつかないが、彼はつねに人目を引く存在だった。他の女性が作り笑いを浮かべて近づき、露骨に誘いかけるのを、マリサも見たことがあった。

マリサはふと、彼が安全用のヘルメットをかぶっていないことに気づいた。冒険好きなステファンが、しそうなことだった。突然ダマソに特別なつながりを感じたのはそのせいだろうか？

ダマソは頭を上に動かして、問いかけるように黒い眉を上げてみせた。マリサはそのしぐさを見て、滝の上からの見晴らしがすばらしいとガイドが言っていたのを思い出した。

マリサは改めてダマソの謎めいた目を見た。今度は、その輝きに気圧《けお》されたりしなかった。その目は一緒に景色を楽しもうと誘いかけている。マリサは思いがけない喜びを覚えた。

マリサはうなずき、流れ落ちる滝の上へとよじのぼっていった。ダマソは彼女のそばをのぼっていく。その動きは正確で無駄がなく、マリサは意識的に彼を見ないようにしなければならなかった。

もう少しで頂上に着く。マリサは疲れ、呼吸が乱れていた。そのとき、目の前に手が差し出された。いくつか古傷のある、大きな手だった。助けてもらってもいいと思った。

見上げると、濡れた黒い瞳と目が合った。ふたたびマリサははっとして全身が熱くなった。

彼女はためらった。この男性には何かある。他の男性とは、どこかがちがっている。

「手をつかんで」

そろそろアクセントの強い言葉に慣れてもいいころだ。ブラジルに来て、一週間が経《た》つ。それでも、ダマソの低い声を聞くと、誘惑されているようなきわどさを感じて胸の奥が震えた。

マリサは彼のほうへ手を伸ばした。彼につかまれると、重なった手から特別なものが伝わってくるようだった。

彼女があらたな足場を見つけるのを待たずに、ダマソはいきなり彼女を引き上げた。男らしい力を見せつけられて、マリサは不覚にも胸を高鳴らせた。力の強い男性なら、いくらでも見てきた。なのに、わたしはこの男性の前に息を切らしながら立っている。これほど女としての自分を意識させられたことはいまだかつてない。

ダマソはマリサを見詰めたまま、手際よく彼女のヘルメットを脱がせた。濡れた髪がそよ風を受けてなびいた。

マリサは彼の目を見返し、濃いブロンズ色の魅力的な顔をつくづくと眺めた。高い頬骨、通った鼻筋、まつげの濃い瞳。

彼に見詰められると、マリサは本当の自分を見透かされている気がした。王女ではなく、途方に暮れた孤独なひとりの女を。そんなふうに彼女を見た男性は、今までいなかった。

彼の視線が口元に移動したのに気づき、マリサは大きく息をのんだ。男の汗と海を思わせる香りを感じ、思いがけない興奮を覚えた。

「王女さま、滝の上にようこそ」

彼女はそこに立ち、ダマソを見上げていた。澄みきった青い瞳が、まばたきもせずに彼を見返している。信じられないほどの興奮に、ダマソは全身をこわばらせた。

彼女はどんな味がするだろう？　そう考えただけで口の中が乾き、欲望が頭をもたげた。

「ガイドが言っていた見晴らしというのは、これなのね？」マリサは彼の手から自分の手を離し、景色を眺めた。確かにすばらしい眺望だったが、ダマソには、マリサが彼を避ける口実にしているように思えてならなかった。

「滝で、何をしていたんだ？」ダマソはたずねた。

マリサが崖のもっとも危険な場所へ向かうのを見て、背筋に冷たいものが走り、彼は安全装置も身につけずに追いかけてきたのだった。

彼女は何をしようとしていたんだ？

崖で彼のほうに顔を向けたとき、マリサの目には暗い影が宿っていた。ダマソは生まれ育った環境から、危険を察知する能力を身につけていた。あのとき彼女の目には、彼の気に入らないものが浮かんでいた。

マリサは肩をすくめ、危険な崖をのぼったばかりとは思えない、さりげない口調で言った。「まわりを見ていただけよ。あそこから飛び下りた少年がいたと聞いたのを思い出したから」

どうでもいいような答えを聞いて、ダマソは怒りを感じた。叱りつけようとして口を開いたとき、マリサの首筋がこわばっているのに気づいた。彼女は全身を緊張させている。うるさい質問をされて、機嫌を損ねたのだろうか？

ぼくが簡単に引き下がると思ったら、大間違いだ。

ダマソは手を上げて、マリサの頬にかかっていた長い金髪をそっと肩に押しやった。彼女の髪は、想像どおりの柔らかさだった。

マリサは何も言わず、振り向きもしなかったが、ひそかに息をのんだのを察知して、ダマソは満足げに彼女を見やった。

「森がどこまでも続いているように見えるわ」マリサの声は、これまでにないほどかすれていた。ダマソはほほえんだ。

「森の外に出るには何日もかかる。迷子にならずにすめばの話だが」

彼はこらえきれず、頬にかかってもいない髪を後ろに払うふりをして、彼女の頬をなでた。その頬は紅潮して熱く、柔らかかった。マリサの首筋が、網に捕らわれた蝶《ちょう》のようにびくりとはねた。

マリサが勢いよく振り向き、明るいブルーの瞳で彼を見た。

「森をよく知っているんでしょう、セニョール・ピレス？」

マリサの口調は軽く、ガーデン・パーティーで交わされる上品な会話のようだった。だがどこかよそよそしい社交辞令の下には、情熱的な女性の存在が感じられた。

ダマソは彼女を見ているだけで興奮した。彼女もそれを承知している。共通の認識が、ふたりのあいだにはあった。

「いや、ぼくは都会育ちなものでね、王女さま」

ダマソは毎年一度休暇を取って、多岐にわたる事業のどれかを視察していた。今回は、高所得者層向けの冒険ツアーを扱う会社だった。

ダマソは、冒険は始まったばかりだと考えた。

「マリサと呼んでちょうだい。王女さまだなんて、大げさだわ」マリサの明るい目が輝いた。

「マリサ。それでは、ぼくはダマソだ」ダマソはマリサという名の響きが好きだった。女性的で、体がさらに熱くなる。

「南アメリカはよく知らないのよ、ダマソ」マリサは彼の名を呼んで、言葉を切った。

ダマソは期待に身を震わせた。裸にして抱きしめたとしても、彼女はこんなふうに落ち着いた口調のままだろうか？

「あまり訪ねたことはないの」マリサは手を伸ばして、彼の襟についていた葉を取った。

彼女の指が首をかすめ、ダマソは息をのんだ。

マリサは口元に小さな笑みを浮かべた。その目が、指が触れたのは意図してのことだと語っていた。

「ぼくの故郷は、たいした観光地ではない」

「あら、そう。あなたはビジネス界では伝説的な人だと聞いたわ。〝ダマソ、ここに生まれる〟って、看板が立っているんじゃないの？」

ダマソはマリサの髪から小枝をつまみ上げ、指先でもてあそんだ。彼が生まれ育った場所を、正確には誰も知らないことなど、彼女に言う必要はない。

「ぼくは銀のスプーンをくわえて生まれてきたわけじゃない」

マリサはまばたきして、口元をこわばらせた。何かダマソの気に障ったのかしら？　だが彼女はすぐに肩をすくめてほほえんだ。

「誰だってそうよ」笑みを浮かべ、とんでもない秘密を教えるかのように言う。「銀のスプーンだって、全部が全部、期待どおりだとはかぎらないわ」

ダマソはすばやく手首を返して、マリサの手をつかんだ。ふたりのあいだに沈黙が落ち、それ以上は言わない約束のようなものが感じられた。マリサは臆することなく、貪欲なダマソの視線を受け止めた。

「真っ向から挑戦を受け止める態度がいい」ダマソは思わず言った。

「わたしの立場をあまり気にしないのがいいわ」

彼に無関心を装ったりせず、逆に必死に求めたりもしない彼女の様子が、ダマソは気に入った。ふたりのあいだの微妙なバランスが興奮を高めていく。

「マリサ、ぼくが興味があるのはきみの肩書じゃない」彼女の名を呼ぶのは二度目だが、さらに心地よかった。ダマソは自分の舌で彼女を味わいたくて身を乗り出したが、そこで自分を抑えた。こんな場所ではだめだ。

「うれしいわ」

マリサがダマソのシャツに手をおいた。ダマソは全身をこわばらせた。今すぐ彼女が欲しかった。彼の胸に手のひらを押しつけ、唇をかすかに開いている様子を見ると、マリサも同じ気持ちらしい。

「帰りがてら、あなたが何に興味があるのか教えてもらいたいわ」

ダマソはマリサの手を握りなおし、崖下へ戻る小道へと彼女を導いた。手をつないでいると、無邪気な喜びがダマソの胸にあふれた。ただ単純に女性の手を握ったのは、いつ以来だろう？

マリサは髪をタオルで拭きながら、高級リゾート施設の彼女の部屋に付属する中庭を眺めた。みずみずしく茂った葉のあいだを、蝶が舞っている。

頭の中はダマソ・ピレスのことでいっぱいだった。小道を下りて戻るとき、彼女の手を握っていた彼の手。仲間たちのそばに着いて、彼が手を離したときの喪失感。裸を見られているような、熱い視線。

彼が欲しくてたまらなかった。欲望に身を任せてはいけないと、わかっているはずなのに！

ダマソにはなぜか、これまで経験したことのない、特別なつながりを感じた。ステファンとのあいだにあった、まったく別のつながりを思い出させるものを。

マリサは頭を振った。悲しみのせいで、物事をまともに考えられなくなっているのだろうか？

ステファンを亡くしてから、マリサは灰色の虚無の世界で暮らしていたが、そこへダマソが手を差し伸べてきた。見知らぬ男性に身をゆだねても本当にいいの？　興奮と恐怖に、マリサは身を震わせた。世間の評判とは裏腹に、マリサはマスコミが書き立てるような遊び慣れた女ではない。

ドアをノックする音が響いた。マリサは迷いを感じながら鏡の中を見た。裸足《はだし》で、髪は濡れたままだ。化粧はいっさいしていない。王女というにはまったくそぐわない外見だ。

マリサは怖くなり、ノックが聞こえないふりをしようかと迷った。以前、男性を信じて、裏切られたことがある。

またノックの音がした。逃げてはいけない。

何年かぶりに、マリサはまた信じてみる気になった。ダマソとのあいだに感じたつながりは強烈なものだった。彼を信じたかった。

　ドアを開けるとき、心臓が激しく打っていた。目の前に彼がいる。夕方の光の中で、彼の目が黒く貪欲に輝いている。マリサの胃がきつく締めつけられた。

　ダマソはマリサの目を見詰めたまま、部屋に入ってきた。

「気が変わってはいないか？」

「あなたは？」マリサは背筋を伸ばした。

「ありえないだろう？」ダマソは顔をゆがめるようにして笑った。彼が顔を寄せてくるや、マリサはもう何も見えなくなった。

2

「なんてことだ《マウジサン》！　きみはぼくに何をしたんだ」

　ダマソの声が体の芯を震わせ、マリサの全身に響いた。耐えきれないほどの興奮に、マリサのすべての神経が悲鳴をあげていた。それでも、なぜだか怖くはなかった。ダマソと一緒なら平気だった。

　マリサはダマソの背中に腕をまわした。背中は滑らかで汗ばんでいて、彼が荒く息をつくたびに上下した。マリサは彼の下に組み敷かれていたが、体の重みや温《ぬく》もりに喜びを感じた。

　夜通しダマソはマリサの部屋にいて、時間をかけて彼女を魅了していった。マリサが不意に落ち着きを失い、身をこわばらせても、ダマソは拒絶とは受け取らず、彼女を見詰めてほほえみ、ゆっくりと彼女の体の敏感な部分を探りはじめた。ダマソは寛大な恋人だった。

「重いだろう。すまない」

マリサが抗議する前に、ダマソは転がって仰向けになり、マリサを抱き寄せた。マリサはあわてて彼に抱きついた。彼と肌が触れ合っていないと、不安になった。やはり、ダマソは他の男性とはちがう。

「大丈夫か？」彼の声が、溶けた濃いチョコレートのようにマリサをとろかしていく。

「すばらしいわ」マリサは笑みを浮かべ、彼の汗ばんだ胸に顔を押しつけた。そっと舌先で触れると、何か特定できない、ダマソ特有の味がした。彼が息をのむのを感じて、マリサは笑みを広げた。

ダマソの大きな手がマリサの肩にそっとかかり、彼女を押しのけた。抗議しようとしたが、すでにダマソはベッドから脚を下ろしていた。彼を引きとめようと手を伸ばしたが、すぐに引っこめた。避妊具を始末したら、また戻ってくるだろう。

マリサはダマソの代わりに枕を抱きしめた。柔らかい布地に顔をうずめ、彼の香りを嗅ぎ、さまざまに思いを巡らせた。

まだツアーは一週間ある。マリサは期待に身を震わせた。これからどんな喜びが待っているのだろう。昨日までのことを考えると、今の気分が嘘《うそ》のようだ。

マリサはダマソについて、いろいろなことを知りたいと思った。コーヒーはどんなふうにして飲むのが好きか、どんなことで笑うのか。南アメリカで最大と言われる資産を築き上げたこの男性は、どんな人物なのだろう。

物音がして、マリサは振り向いた。ドア口にダマソが立ち、彼女を見ていた。

夜明けの最初の光を受けて、がっしりとした胸、引き締まった腹部や腿が浮き彫りになって見えた。

マリサはまたベッドに横たわり、その姿をほれぼれと見詰めた。激しい行為の直後だというのに、彼の体にはまったく疲労の色が見えない。また今すぐにでも……。

「眠るといい、マリサ。長い夜だった」彼の声には、何か含みが感じられた。

「あなたがベッドに戻ったらね」先刻のようにダマソに抱かれたら、きっとよく眠れるだろう。愛撫《あいぶ》されたいわけではない。ただ彼にそばにいてほしかった。

だがダマソは動こうとしなかった。マリサは不安になり、うなじに鳥肌が立つのを感じた。

やがて彼は、マリサが思わず見とれてしまうような優美な動きで、部屋を横切ってきた。ベッドの端で立ち止まり、深く息を吸いこむ。それから、脱ぎ捨ててあった色褪《あ》せたジーンズを拾い、長い脚をつっこんだ。

下着はつけたわよね？　マリサはぼんやり考えて、そこではっとした。

ダマソは不可解な表情で彼女を見ている。その目に興奮の色はない。彼の目からは、何も読み取れなかった。

「行くのね」マリサの声はうつろに響いた。

「もう朝だ」ダマソは大きな窓をちらりと見た。

「まだよ。みんなが起きるまで、まだ何時間もあるわ」なぜ自分がこんなに冷静に話ができるのか、マリサはわからなかった。ベッドから飛び出して彼に抱きつき、ここにいてと懇願したいのに。

懇願……マリサはこれまで、何かを懇願したことなどなかった。

プライドは、数少ない彼女の味方だった。親族に非難され、マスコミに叩《たた》かれて、彼女はプライド以外のすべてを失った。なのに今、そのプライドさえも捨てそうになるほど必死になっている。

「だから、もう少し寝たほうがいい」

マリサは困惑した。何かに身を隠したかった。彼の視線を感じ、全身が熱くなる。

「ぼくは今行くのがいちばんいい」

マリサは抗議の言葉をのみこんだ。ダマソはゴシップを心配して、スタッフも起きないうちに部屋に戻ろうとしているの？

「じゃあ、朝食のとき会いましょう」マリサは明るい笑顔を作って、ベッドの上で座りなおした。これからの一週間、一緒に過ごす時間はたっぷりとあるはずだ。

「いや。それはできない」ダマソはシャツのボタンをとめ、腕時計を捜して、ベッド脇のテーブルに歩み寄った。

「できないの？」鸚鵡《おうむ》のような受け答えをするなんて！　マリサは頭がまともに働かなかった。

ダマソは腕時計をつける途中で、手の動きを止めた。

「聞いてくれ、マリサ。ゆうべはすばらしかった。だがぼくは甘いロマンスを約束したわけじゃない」

マリサは全身が凍りつくほどの怒りを感じ、身をこわばらせた。「おかしなことを言うのね。朝食のとき会うのと甘いロマンスとは、無関係じゃないかしら」

マリサはシーツをつかみ、胸元まで引き上げた。これで少なくとも、裸身をさらさずにすむ。

「言ってる意味はわかるだろう」ダマソの目は、黒曜石のように冷たく無表情だった。

「いいえ、わからない」マリサはダマソを見詰めた。胸の中はひどく乱れていたが、彼の目には平然とした顔に見えるよう願った。

「ぼくはなんの約束もしなかった」恋人どうしで交わす台詞《せりふ》としては最低だ。

「わたしは何も求めていない」マリサは硬い口調で

返した。

「もちろんだ。きみはそんなタイプじゃない。だからこそ、ゆうべはすばらしかったんだ」ダマソは彼女から視線をそらし、腕時計をつけた。

「タイプって？」マリサは背筋に冷たいものが走るのを感じた。

「男にしがみついて、たった一夜の関係だけで、一生を求めるようなタイプだ」

ダマソはまたマリサを見た。目が合った瞬間、マリサの胸に興奮が湧き上がった。ふたりのあいだには、確かに感じ合うものがあった。それはわたしの想像にすぎなかったの？

マリサはこれが特別な関係の始まりかもしれないと夢想していた。ようやくありのままの自分を受け入れてくれる男性に出会ったのかもしれないと思っていた。

わかってたはずよ。そんな男性など存在しないと。

「それはどういう意味かしら、ダマソ？」マリサはきっぱりとたずねた。

「なんだって？」

彼は戸惑っているようだった。こんなことを女性にきき返されたことなどなかったのだろう。

「ゆうべみたいなことを繰り返すつもりはないってことね」

マリサは息を殺し、返事を待った。単にセックスのためではなく、ともに一緒にいられる時間を過ごしたいと思っていたのではないの？

「ああ。これ以上面倒を起こす必要はないだろう」ダマソはあくまで無表情を保ったまま言った。

面倒……男性が気まずい関係を非難して、よく使う言葉だ。

「参考のためにきくけれど、昨夜のことはあなたにとってなんだったの？　わたしをベッドに誘えるかどうか、誰かと賭けでもしたの？」マリサは声を荒らげないよう努めた。

「とんでもない！　ぼくをどんな男だと思っているんだ？」

マリサは眉を上げた。胸の内では傷つきながらも、感情を抑えた目で、語気鋭く否定するダマソを見た。

わたしは二度と誰にも夢中にならないと誓った。なのに今、衝動的に彼に心を開いて、後悔している。教訓を学ぶのに、いったい何度苦い思いを噛《か》みしめればいいのだろう。

「だったら、王女だから？　王族と関係を持ったことはなかったの？」

苦いものが体の奥で湧き起こり、こみ上げてきたが、マリサは無理にのみくだした。どれほど傷ついたか見せるつもりはなかった。ようやく誰か、信頼できる男性を見つけたと思ったのに……。

マリサは頬の内側を噛んで、思いを断ち切った。崖で差し伸べられた彼の手を、つかまなければよかった。

「あれはセックスだ、すばらしいセックスだった。ただそれだけだ」突然、ダマソの目が燃えるように輝いた。

「答えてくれてありがとう」

どうしてわたしは、単純な体の関係に意味を求めてしまったのだろう？　それほど愛情に飢えていたの？　それほど孤独だったということ？

なんて惨めなのかしら。叔父の言うとおりかもしれない。

「マリサ？」

顔を上げると、ダマソが眉をひそめていた。心配そうな顔をしている。マリサは身をこわばらせた。わたしのことをひと晩だけの気軽な相手と片づけた、こんな男に同情などされたくない。

「そうね、用がすんだのなら行ったほうがいいでしょうね。わたしは熱いシャワーを浴びたいわ」

マリサはダマソの背後にあるバスルームのドアを見やった。肌に残っている彼の香りとともに、胸の痛みも洗い流してしまいたかった。

「心配しないで。朝食の席であなたを捜したりしないから」

「ぼくはいない。もうここを発《た》つんだ」

マリサはまばたきをして顔をそむけた。昨夜脱ぎ捨てた服を拾い集める。

ダマソはここを発つと決まっていたのに、わたしに黙っていた。これではっきりわかった。男性にこんなにも傷つけられ、名誉を傷つけられたことはない。初めての恋人のアンドレアスが、わたしをベッドに誘いこめるかどうか友人と賭けをしていたと知った夜以来だ。

今にもその場に倒れてしまいそうで、マリサは急いでバスルームに向かった。ドア口で立ち止まり、ノブをつかんで体を支えながら、肩ごしに振り向いた。

ダマソはしかめっ面をして、彼女を見ていた。

「ゆうべのことは、あなたの勲章になるのかしら、それともわたしのかしらね？」マリサはくぐもった声で、物憂げに言った。締めつけられるような喉から絞り出せる、精いっぱいの言葉だった。

それから夜会服を着慣れた者にしかできない身ごなしで優雅にシーツをひるがえすと、バスルームに入ってドアに鍵をかけた。


「ようこそいらっしゃいました」支配人がほほえんで出迎えた。

ダマソはロッジを歩きながら、広々とした空間を見渡した。山奥にありながら、モダンで贅沢《ぜいたく》な雰囲気のインテリアを、満足げに眺める。このような場所にリゾート施設を建設するのはたいへんだったが、やはり正解だった。開業からほんの半年で、特別な体験を求める裕福な旅行者の憧れの地となった。

広い窓から見る景色はすばらしかった。夕日が険しいアンデス山脈を鮮やかなピンク色に染めている。その下では青い氷河が、その日最後の光を浴びて輝いていた。

「お部屋はこちらです」支配人はダマソと秘書を案内しようとした。

「ひとりで大丈夫だ」ダマソは絶景から目を離さずに言った。

ダマソは支配人と秘書に下がるように合図し、ひとりでラウンジに入っていった。世間の喧騒《けんそう》から離れた静かな雰囲気に、ダマソはほっとした。このひと月、いつも以上に忙しいスケジュールで、猛烈に働いてきた。だが、いくら多忙でも、なぜか仕事に喜びを見いだせなかった。

ダマソはいらだっていたが、その理由を突き止める余裕もなかった。

広いラウンジには人影がなかったが、ドアの向こうから人の声がした。そちらにはバーがある。夕食の前に何か飲むのもいいかもしれない。明日は視察と会議が予定されているので、今夜は徹夜でパソコンと向き合わなければならない。

ドア口で笑い声を耳にして、ダマソは足を止めた。誘いかけるような、魅力的な笑い声だ。ダマソは胃のあたりがねじれ、胸が苦しくなるのを感じた。

鼓動がいきなり速まった。この笑い声なら、知っている。細い指先でうなじをなでられたかのように感じ、ダマソは思わず全身を震わせた。

マリサだ。

彼女がそこにいて、群がる男たちに笑いかけていた。ひとりの男に身を寄せて、何かをささやく。ダマソの耳の奥で鼓動の響きが大きくなり、何を言ったのか聞き取れない。

マリサの何もかもが魅力的だった。ダマソの全身にエネルギーがみなぎった。このまま歩み寄って、彼女を取り巻き連中からマリサを引き離そうか？　彼女を肩に担いで、自分の部屋へ連れていこうか？

一カ月前、唐突に彼女の前から去ったのには理由があった。いや、去ったのではなく、逃げ出したのだ。

ダマソはマリサに対して、それまで経験したことのなかった気持ちをいだいた。単なる欲望や満足ではない、もっと大きくて深い気持ちだった。

マリサのベッドから出たときは、すぐ自室に戻るつもりでいたのに、生まれて初めて、他のどこにも行きたくないと感じた。

そんな気持ちにはまったく不慣れで、ダマソはいらだちを覚えた。だから彼は、すぐさまヘリコプターを呼んで町に戻ろうと決めた。

今でも心の一部では、たった一夜でマリサと別れたことを後悔していた。彼女とは、すばらしいものを分かち合った。

喉の奥からあふれるようなマリサの笑い声が、ダマソの耳をくすぐった。ダマソは身をひるがえして、今来た方向へ引き返した。

どんな女性でも、一度きりで充分のはずだ。マリサへの反応は、尋常ではない。ぼくは女性との深い関係を望んではいない。

ダマソは階段を駆け上がり、経営者用のスイートルームへと廊下を進んだ。

マリサは何も特別な女性ではない。ただのパーティー好きの女だ。国費でこの高級リゾートに来て、新しい恋人でも見つけようとしているのだろうか。

ダマソは歯を食いしばり、歩調を速めた。

会議室のドアを軽く叩く音がして、困ったような顔をした女性スタッフが顔をのぞかせた。

「申し訳ありません」女性は支配人からダマソへ、

そして彼の秘書や大きなテーブルについている重役たちへと、視線を動かした。

「どうした？」支配人がたずねた。

女性スタッフはドアを閉めて言った。「お客さまが外で具合が悪くなったんです。今、戻ってくるところです」

「事故じゃないんだな？」支配人の声は心配そうだった。病気もたいへんな問題にちがいないが、ロッジのスタッフが付き添っている場での事故というのは、それとはまた次元が違う。

「高山病のようです。彼女は昨日来たばかりですから」

「女性なのか？」ダマソは口をはさんだ。

「ええ。それで、お知らせしたほうがいいと思いまして。マリサ王女なんです」

「医師は呼んだか？」ダマソは思わず立ち上がった。

「大丈夫です、スタッフには医師もいます。お客さまには万全を尽くします」支配人が答えた。

当然だ。それこそダマソの経営するリゾート・ホテルが他とは一線を画す点だ。細かいところにも気を配り、最高のサービスを提供する。

「戻ったら、すぐに医師に付き添わせます」支配人はダマソに請け合い、女性スタッフを下がらせた。

ダマソは腰を下ろした。会議に集中しようとしたが、三十分後にはあきらめた。

「用事を思い出した。続けていてくれ」ダマソは立ち上がり、会議を抜け出した。この会議に出席するために遠路はるばるやってきたにもかかわらず。

五分後、彼は不安げな客室係のあとについて、静かな廊下を歩いていた。

「こちらが王女さまのお部屋です」客室係は水晶のノブのついた、両開きのドアを示した。そっとノックをしたが、反応はない。ドアを押してみると、鍵はかかっていなかった。

「大丈夫だ。王女はぼくの友人なんだ」ダマソは低い声で言い、疑うような客室係の目を無視し、中に入ってドアを閉めた。

マリサとの関係は、〝友人〟とは言いがたい。それでもなぜか、ダマソは仕事に集中できず、自分で様子を見に来ずにはいられなかった。

入ってすぐの部屋には誰もいなかったが、その奥のドアが少し開いていた。女性の小さな声がして、続いて男性の低い声が聞こえた。

「妊娠の可能性はありませんか？」

3

「まさか！　妊娠なんかしてないわ」あまりにもショックで、マリサはあえぐように言った。吐き気がして震えながら、医師を見上げた。

わたしが母親に？　自分の人生さえうまく軌道にのせられないのに、どうして子どもを産んだりできるだろう？

叔父のシリルが震え上がるのが想像できた。シリルは、王女という立場にふさわしくないことばかりするマリサを疎ましく思っている。

「本当ですか？」

医師にじっと見詰められ、マリサは十代の少女のように頬を真っ赤に染めた。「ありえないことではないわ。でも、たったひと晩よ」彼女は脳裏によみがえった光景を消そうと、片手を振った。

「ひと晩で充分でしょう」医師は低い声で指摘した。マリサはかぶりを振った。「でも……彼は避妊具を使ったわ」

頰が燃えるように熱くなる。男性と関係を持っても恥ずかしくはない。けっきょくのところ、わたしは二十五歳なのだから。

頰が火照り、体が熱いのは、ふたりがどれほどたくさんの避妊具を使ったかを思い出したからだ。わたしたちはそれほど激しく、たがいを求め合った。

「避妊具が百パーセント有効でないことはご存じでしょう。他の処置は取られなかったのですか？」

「ええ」医師の問いにマリサは口元をゆがめた。体操競技をしていたころはピルを服用していたが、もうやめていた。

「立ち入ったことをおききしますが、その〝ひと晩〟というのはいつのことですか？」

「一カ月前よ。正確に言うと、一カ月と一日前」

マリサの声はかすれていた。落ち着くようにと自分に言い聞かせながら、咳払《せきばら》いをした。もともと生理は不順だから、少しくらいの遅れは問題ではない。

「他の症状はないのよ。高山病にちがいないわ。ガイドもそう言っていたし」

医師は肩をすくめた。「そうかもしれません。でも、可能性のあることは調べておくにかぎります」

医師は鞄《かばん》の中をかきまわし、何かを取り出してマリサに差し出した。

「これで簡単な妊娠検査ができます」

マリサは抗議しようとして口を開いたものの、疲れ果てていてその気力さえなかった。渋々、マリサは検査キットを受け取ってバスルームに向かった。

ダマソは身じろぎもせずに立ち、高価な絨緞《じゅうたん》の敷かれた床に差しこむ陽光を、ぼんやりと見ていた。

どちらに驚いたのか自分でもわからない。マリサが妊娠した可能性があることにか、ダマソが最近の彼女にとって唯一の相手だったことにか。

別れたあと、マリサはすぐに新たな相手を見つけるものと思っていた。マスコミを信じていいなら、マリサは気軽に一夜かぎりの関係を楽しむ女性のはずだ。しかし彼女は今しがた、ダマソとの一夜だけだと断言した。

立ち聞きは流儀に反したが、ダマソは確かめたかった。彼ほどの富があれば、財産目当てで言い寄ってくる女も多い。父親の認知を求める訴訟を起こされる場合に備えて、マリサが医師にどんな話をするか、聞いておくのが賢明というものだ。

マリサの声には、ショックが生々しく表れていた。医師に対して嘘《うそ》をついていないのは明らかだった。

一カ月と一日と、彼女は言った。きっぱりと。もし彼女が妊娠しているとしたら、それはダマソの子どもにちがいなかった。

ショックのあまり、身動きすらできなかった。ダマソはいつも避妊には細心の注意を払っていた。今回にかぎって失敗するなど、とても信じられない。自分に子どもができるなんて、考えられなかった。

髪に手をつっこみ、後ろにかきあげる。胃が締めつけられるような気がした。

ささやくような声がしたので、ダマソは隣室に注意を戻した。大股にドアへ歩み寄り、開けようとして手を伸ばす。ところが、驚くべき言葉が聞こえてきて、彼はだらりと腕を下ろした。

「これではっきりしました、王女さま。あなたは妊娠なさっています」

マリサはテラスにたたずみ、胸の前で腕を組んで、目の前に広がる美しい景色を眺めた。雪に覆われた山々が夕日を浴びて鮮やかなピンクや金色に輝いて彼女を誘っていた。

わたしはその誘いを受けることはできない、とマリサは思った。妊娠しているのであれば、山登りもスカイダイビングも筏《いかだ》下りもできない。

これでもう百回目になるだろうか、マリサは手のひらで腹部をなでた。ここに命が宿っているなんて、まったく驚きだわ。医師の間違いじゃないかしら？　妊娠しているという実感はまったくない。

町に行って、もう一度検査を受けよう。検査キットが正確とはかぎらない。

驚きが勝り、妊娠が間違いであってほしいのか、真実であってほしいのか、自分がどちらを望んでいるのかさえ、マリサはわからなかった。

しかし、ひとつだけ確かなことがあった。ベンガリアの王宮が見えるところでは、自分の子どもを育てない。その方針は絶対に守るつもりだった。

「失礼します。ハーブ・ティーと、シェフ特製のクッキーをお持ちしました」

マリサが振り向くと、テラスに出るドア口に、客室係の女性が笑顔で立っていた。女性がトレイを持ち上げると、香ばしい香りがマリサの鼻をくすぐった。マリサは唾をのみこんだ。吐き気が心配で、朝食以来何も食べていなかった。

「頼んだ覚えはないわよ」

「ホテルからの無料サービスです」客室係はテラスに出て、トレイを小さなテーブルにおいた。

「ありがとう」マリサはこわばった顔に小さな笑みを浮かべた。医師が手配してくれたにちがいない。

テラスの端から離れ、テーブルの横の椅子に座っていると、まもなく客室係が戻ってきた。今度は膝掛けを手にしていた。

「冷えてきました。いかがですか？」客室係はほほえみ、膝掛けを差し出した。

マリサは黙ってうなずいた。地元の伝統的な模様が織りこまれた膝掛けをかけてもらいながら、思わず涙ぐみそうになる。こんなふうに人から世話を焼かれたのは初めてだった。

「他に、何かご入り用なものはありませんか？」

「ないわ。ありがとう。シェフにお礼を言ってね」

またひとりきりになり、マリサは香りのいいお茶を飲み、クッキーを食べた。おいしかった。ようやく胃が落ち着いたようだ。

今後の予定を立てなければならない。まずリマへ行って、もう一度妊娠検査を受ける。それから……その後のことを考えようとしても、何も思い浮かばなかった。

ベンガリアに戻るわけにはいかない。ステファンはいないし、シリルの庇護《ひご》下《か》に入るのはいやだ。

マリサは膝掛けを引き寄せた。新しく住む場所を見つけなければならないけれど、どこにしたらいいのだろう。ベンガリアは論外だ。学生時代はフランスやアメリカ、スイスに住んだけれど、どこも我が家とは思えなかった。

マリサは怖かった。母親になることに関して何も知らない。それに、わたしの妊娠は王室で大騒ぎになるだろう。

「マリサ？」

二度と聞くことはないと思っていた深みのある声がして、マリサは振り返った。鼓動が速まり、繊細な磁器のカップを持つ手に力がこもる。

ダマソがドア口に立っていた。堂々たる体で。顔の表情は険しく、額には深い皺《しわ》が刻まれている。

「何をしているの？　どうして入ってきたの？」手から力が抜けて危うく落としそうになり、マリサはカップをテーブルにおいた。

「ノックしたが、返事がなかった」

マリサは彼が立ち去ったときのことを思い出し、

ぐいと顎を上げた。「それは、中にいる人が邪魔されたくないという意味じゃないかしら」

「立たなくていい」ダマソはテラスに出ながら、片手を上げてマリサの動きを制した。

マリサは膝掛けを脇において立ち上がった。少しふらついたのを、気づかれなかっただろうか。吐き気のせいで体がすっかり弱っていた。

「セニョール・ピレス、ここへ何をしに来たの？」

マリサは腕を組んだ。

「〝セニョール・ピレス〟だって？ そんなかしこまった呼び方をするような関係じゃないだろう？」

ダマソは眉をひそめた。

「わたしにだって、プライバシーを守る権利はあるはずよ」

彼にどんな思いを味わわされたかを思い出し、マリサの胃がよじれた。男性に適当にあしらわれることには慣れているつもりだったが、愚かにもダマソはちがうと思いこんでいたので、その分深く傷ついた。

マリサは足先で床を叩《たた》いた。胸の中の怒りに、ほんの少しだけ興奮が混じっているのが、気に入らない。どんなに腹が立っても、ダマソが魅力的な男性であることは否定できなかった。その彼に抱かれたとき……。

「当ててみましょうか。あなたはわたしがここにいるのを知って、昔のよしみで声をかけてみようと思ったんでしょう？ でもわたしは、過去をほじくり返すような趣味はないの」

ひどい仕打ちをした男のもとに戻るのは、マリサのプライドが許さなかった。

「さあ、かまわなければ、ひとりにしてもらえないかしら」

マリサは部屋に入ろうとしたが、ダマソがドア口に肩をいからせて立っていて、脇を通り抜けていくのは無理だった。

黒い目に見詰められ、マリサは腹部がこわばるのを感じた。ダマソの圧倒的な魅力を認めざるをえない。彼の存在を全身で意識していた。

マリサは視線をそらした。ついさっき判明したことで世界はひっくり返り、彼女は不安に駆られ、弱気になっていた。

「マリサ、大丈夫か？」ダマソの声には、聞き覚えのない、ためらうような響きがあった。

彼女はダマソに視線を戻した。「ここはわたしの部屋よ、ひとりになる自由があるはずよ」

ダマソが一歩下がり、マリサは居間に入った。部屋の中にはダマソの香りが漂っていた。

部屋の中ほどまでマリサが進んだとき、彼がまた口を開いた。「話がある」

マリサは足を止めなかった。「このあいだ別れたとき、あなたは言ったはずよ。わたしたちの関係は終わったって」

マリサはうわべは冷静に話していたが、彼の侮辱的な態度を思い出し、胸をナイフでえぐられるようだった。

「きみはそうじゃないと思っていたのか？」

マリサは思わず立ち止まりそうになった。彼との別れに傷ついていなかったら、再会してもこれほど動揺しなかったはずだ。

誰にも邪魔されず、まだ自分でも納得できていない問題に、マリサは意識を集中したかった。わたしは妊娠しているかもしれないのだ。それも、ダマソの子どもを。

ダマソとはあとで話をすればいい。今はとにかくひとりになりたい。

「わたしは何も考えていなかったわ、ダマソ。わたしたちは終わった、もう過去のことよ」

マリサはノブをつかんだが、ドアを開ける前に、ダマソの大きな手がドアを押さえた。ダマソの体から放たれた熱が伝わってくる。彼の乱れた呼吸が髪にかかった。

「ぼくの子どもを身ごもっていることについては、どう考えているんだ?」

マリサはあえいだ。なぜ知っているの? 彼女は目の前にある彼の手を見詰めた。

その手に胸を愛撫《あいぶ》され、どれほどの喜びをかきたてられたかを思い出す。ほんのつかの間、ありのままの自分を愛してくれる男性を見つけたと思った。そして無残に裏切られた。

「マリサ?」ダマソの口調は鋭かった。

彼女は苦しげに息を吐き出し、振り返った。見下ろしている長身の彼を、顎を突き出すようにして見返す。非難するような彼の表情に、マリサの怒りが燃え上がった。

「勝手に部屋に入ってきて、いばり散らすなんて、どういうわけ? 出ていって。さもないと、経営者を呼んでつまみ出してもらうわよ」

ダマソは燃えるような青い瞳を見ただけで、興奮を覚えた。さらに、マリサの挑戦的な言葉を聞いて全身がこわばった。

マリサは魅力的だった。薄く開いた唇、乱れた呼吸、青く輝く瞳に、本心が表れていた。彼女もまた興奮しているのだ。ダマソは自分の体の反応と同じくらいに、それを確かに感じた。

ダマソは何も考えずに、彼女の頬に手をあて、指先で絹のような髪に触れた。

記憶にあるとおり、すばらしい手触りだった。ダマソはマリサに顔を寄せた。そのとき突然、鮮烈な痛みが腕に走った。

驚いたことに、マリサに何かしらの武術の技をかけられていた。ダマソは息をのみ、反射的にマリサをねじ伏せたい衝動に駆られたが、かろうじて抑えた。彼はルールにのっとった闘い方を知らなかった。生まれ育ったところでは、闘いは荒々しく、死に至ることもあった。ほんの数秒でマリサを打ち伏せることができたが、ダマソはあえて体から力を抜いた。

「経営者を呼ぶわ」マリサはあえぎながら言った。

「ここの経営者はぼくなんだ」

「なんですって？」マリサの険しい顔に、信じられないという表情が浮かんだ。

「このリゾート施設はぼくが所有している。放してくれ。何もしないと約束する」

「あなたが所有者？」

マリサの手がゆるみ、ダマソはようやく自由になって、痛みの残る腕を曲げたり伸ばしたりした。アマチュアにしては、マリサの護身術はたいしたものだった。

「そうだ。設計したのはうちの建築チームで、建造もうちの施工チームだ」

「つまり、スタッフがあなたに報告するわけね？それでわかったわ。でも、いくらあなたに雇われているからといって、医師がわたしの体のことをあなたに報告するのは理解できない。患者のプライバシーはどうなるの？」マリサは鋭い口調で問いただした。

ダマソはかぶりを振った。「医師からは何も聞いていない」

眉をひそめるマリサにダマソは説明した。「検査の結果がわかったとき、ぼくはこの部屋にいた」

マリサは目を冷たく輝かせて彼を見詰めた。

ダマソは頬が赤くなるのを感じた。これほどまで困惑するのは、彼らしくなかった。

「きみの具合が悪くなったとスタッフから聞いたので、様子を見に来たんだ」

「それはどうも。お気遣いありがとう」

気がつくとダマソは、マリサの平らな腹部を見ていた。そこに自分の子どもが宿っている。そう思うと、ダマソは喉に渇きを覚え、柔らかなマリサの腹部に手のひらをあてがいたくなった。

顔の前で指をぱちんと鳴らされ、彼は我に返った。

「このリゾートの経営者だからといって、わたしの私生活を穿鑿《せんさく》する権利はないのよ」

「きみに会いに来たんだ」

「立ち聞きをする言い訳にはならないわ」

「マリサ、これはぼくたちふたりに関わることだろう」ダマソは彼女の光り輝く目を見詰めて言った。

マリサの頬が赤く染まった。ひどく若く、無防備に見える。

「話し合おう」ダマソは口調を和らげた。

マリサは首を横に振った。黒いシャツの上で、明るい髪が金の糸のようにはねる。すばやい身ごなしで身をひるがえし、部屋を横切って、彼女はアンデス山脈を見渡せる大きな窓の前に立った。

「一カ月と一日前のことだ、覚えているか、マリサ？　これはぼくの問題でもある。いつ、ぼくに言うつもりだった？」

マリサは何も言わなかった。ダマソは全身をこわばらせた。

「言わないつもりだったのか？　誰にも知らせずに、ひそかに始末しようと思っていたのか？」彼は苦々しげに顔をしかめた。

ダマソは自分が父親になると知って驚いた。子どもができる。彼の血と肉を分けた子どもが。

人生で初めて、家族ができる。

そう考えると、怖くもあった。自分の家族を持つと考えたことなどなかった。それでも、心の片隅では喜びを感じていた。

今後どうしたらいいのか、はっきりとはわからない。ただし唯一、確かなことがある。我が子は父親の保護下で、充分な世話を受けて育つ。必ずそうするつもりだった。

ダマソはマリサの背後に立った。彼女の腰をつかんで抱き寄せるか、体を揺さぶってしゃべらせるかしたくて、指がうずいた。

「何か言ってくれ！」

マリサが振り向いた。その目は大きく見開かれ、危険なほど輝いている。「何を言えというの？　中絶するつもりはないと？　いつあなたに話そうか、まだ決めていなかったと？　自分でもまだ、妊娠したことをどう受けとめていいかわからないのよ」

マリサはダマソの胸に指をつきつけた。

「もし妊娠していたら、この子を産むのはわたしなのよ。体も人生も将来も、すべてが変わってしまうのはわたしのほうなのよ。あなたじゃない」

ダマソの胸の上でマリサの手が震えていた。ダマソはその手を握ったが、彼に触れられたら汚れるかのように、マリサは手を引き抜いた。

マリサはダマソの口元に酷薄な笑みが浮かんだ気がした。思わず一歩あとずさりたくなったが、なんとか踏みとどまった。

「どうやら妊娠について、あなたは早合点しているみたいね」マリサはじっとダマソを見詰めた。

「妊娠していないというのか？」

「もう一度検査するまで、わからない。でも、あなたはもう、その先まで考えているようね」

「そうとも」ダマソは彼女の腹部に視線を落とした。

マリサの胸がざわめく。

「まっとうな選択はひとつしかない」

「本当に？」

「そうだ」ダマソの陰鬱な顔がこわばり、目に決意の光がひらめいた。「結婚しよう」

4

マリサはこらえきれずに、笑い声をもらした。

「結婚？」マリサは首を振った。驚きに胸がきつく締めつけられる。「冗談でしょう。あなたのことをぜんぜん知らないのに」

ダマソは口元をゆがめ、眉をひそめている。マリサの反応が気に入らないらしい。

「一緒に子どもを作る程度には、知っているだろう」ダマソは低い声で噛《か》みつくように言った。

マリサははっとして、現実に立ち返った。「知っているとは言えないわ。体だけの関係だもの」

ダマソは肩をすくめた。

ともに過ごした夜、マリサはダマソの肩にしがみつき、喜びに震えた。なのに彼は、冷たくマリサを切り捨てた。

「ずいぶん態度が変わったのね」

「子どもができたら話が変わって当然だ、王女さま」

マリサは身をこわばらせた。「まだ決まったわけじゃないわ。もう一度検査を受けるまでは。さっきの検査が間違っているかもしれない」

ダマソは首をかしげた。「そんなに子どもがいやなのか？」

「確かなことを知りたいのよ」マリサは無意識のうちに自分の腹部に手をあて、それに気づいて、さっと腕を脇に下ろした。

ダマソはうなずいた。「もちろんだ。確認ができたら、結婚しよう」

マリサは困惑した。「今は二十一世紀よ。子どもができたからって、結婚する必要はないわ」

ダマソは腕を組んだ。真っ白なワイシャツの下にがっしりとした筋肉がうかがえる。カジュアルなトレッキング用の服もよく似合うが、ビジネス用の服は彼に新たな魅力を加えていた。

「一般的な話をしているんじゃない。ぼくたちの子どもの話をしているんだ」

ぼくたちの子ども。その言葉が胸に響いて、マリサは震えた。突然、妊娠が現実のものと感じられてめまいに襲われ、マリサは近くの長椅子の背につかまった。

ダマソが駆け寄り、彼女の肘を支えた。「座ったほうがいい」

ひとりにして――マリサはそう言おうとしたが、体に力が入らない。しかたなくダマソの助けを受け入れることにした。

受け入れるだけではなく、期待もあった。それこそ愚かなことだった。こんな状況では、幸せなりゆきなど望めるはずがない。

マリサはダマソに導かれ、腰を下ろした。もはや妊娠は単なる可能性ではなく、現実味を帯びはじめた。あるいは、そう感じるのはダマソが近くにいるせいかもしれない。

マリサはうなだれ、ひとりで母親になるという選択について考えた。いい母親になりたいと思っても、それがどんなものかわからない。彼女が得意なのは、スポーツとスキャンダルを起こすことくらいだった。

ベンガリアの王宮における上を下への大騒動を想像し、マリサはうめき声を押し殺した。身内ばかりか、マスコミにも叩《たた》かれるだろう。

「医師を呼ぼう」ダマソはマリサの腕をつかんだまま、彼女の前にしゃがみこんだ。

「その必要はないわ」

自分を哀れむのはマリサらしくないし、今はそんなことをしていられない。自分のためだけでなく、子どものためにも、前に進まなければならない。

「誰かの助けが必要だろう」

「あなたが保護者になってくれるとでも？」

「子どもは、ぼくの責任だ」ダマソの口調はひどく厳粛だった。

「悪いけれど、保護者は不要よ。自分のことは自分でできるわ」マリサは六歳で母親を亡くし、自立することを学んだ。温かい抱擁や、愛されているという安心感は、もはや遠い過去だった。

「マスコミに書かれたきみの行動を読むかぎり、確かにそのようだな」

マリサははっと顔を上げ、鋭い目でダマソをにらんだ。「マスコミの書くことを全部信じないでほしいわ」

だが世間は信じ、やがてマリサは弁明をあきらめた。その代わり意に介さないようにすることで、自分の身を守ってきた。でも今後は、そうはいかない。子どもができたら……。

「本当のきみはちがうというのか？」

「人にどう思われようとかまわないわ」これまでは、確かにそれでよかった。だがダマソが関係してくると、突然物事が複雑になる。

「それはわかる。だが、きみは今、具合がよくない。今回のことはショックだろう」

「あなたはショックじゃないの？　今までどれほどの女性に子どもを産ませてきたの？」マリサは無頓着な態度をとろうとしたが、うまくいかなかった。どういうわけか、ダマソが他の女性と関係を持つことを考えると、胃がよじれた。

「ひとりもいない」ダマソは少し身を引いて、マリサから離れた。「いいか、こうしよう」

「というと？」

「きみはもう一度検査を受けたいという。だから一緒に町に行き、診察を受けよう。そして妊娠しているとわかったら、将来のことを話し合おう」それでいいだろうというように、ダマソは両手を広げてみせた。

だが彼の黒い瞳の輝きを見ると、物事はさほど単純ではなさそうだった。それでも、マリサには何も失うものはない。彼の提案は、すでにマリサが考えていたことだった。

「妙な条件はなしで?」

「いっさいない」

「わかったわ」これが一種の契約であることを強調するために、マリサはわざと事務的に握手を求めた。そしてダマソの驚いた顔を見て、かすかな勝利感を味わった。

しかし彼に手を握られ、その温《ぬく》もりに包まれたとき、マリサのほほえみは消えていった。

ヘリコプターの回転翼の速度が落ちはじめると、マリサは座席で身じろぎをした。ダマソを見詰める彼女の目には怒りの色が宿っていた。「町に行くはずよ」

「サンパウロはさほど遠くない」

「嘘《うそ》をついたのね」マリサが反抗的に口をとがらせるのを見て、ダマソは今すぐ彼女を抱き寄せてキスしたいと思った。

「妊娠しているかどうか確認しに行こうと言ったんだ」

「町に行くはずだったわ。だから一緒にブラジルに行くことに同意したのよ。飛行機からヘリコプターに乗り換えたとき、サンパウロの病院に行くものと思っていたわ」

「ぼくの家に、医師を呼び寄せた」

マリサはダマソの肩ごしに視線をさまよわせ、青い海を望む超モダンな邸宅や、坂の上に広がる青々とした森林を眺めた。

「ここなら誰もいない。島全体がぼくの所有地だ」

「それがなんだというの？　あなたの個人資産には興味がないわ」マリサは反抗的に言った。

マリサを見た瞬間から、ダマソは彼女が欲しかった。一夜をともにして、その思いはさらに強くなった。体だけでなく、彼女のすべてが欲しかった。彼女が相手ならちょっとした口論でさえ、大金が動く契約よりも刺激的だ。彼女を求める気持ちの強さは半端ではない。いつもなら、相手を替えるのにさほど苦労はしない。もっとも、これまで妊娠した女性はいなかった。マリサのことが頭から離れないのは、そのせいにちがいない。

「女ならたいてい、ここに来たがる」

マリサは冷たい目でダマソを見た。「わたしはちがうわ」

ダマソは息をのんだ。相手より自分のほうが劣っているような気分を、久しぶりに味わった。劣等感という言葉はとうに忘れたはずなのに。

「感心しないのか、王女さま？」

「感心するとかしないとかの話じゃないわ。嘘をつかれるのが嫌いなのよ」マリサは冷淡に答えた。

ダマソはシートベルトをはずした。「嘘じゃない。ぼくはしょっちゅう、ここから町に行っている」

マリサが何か言おうとしたが、ダマソは手を上げて制した。マリサの青い目を見詰めて続ける。

「診療室に行ったり、ホテルの部屋に医師を呼んだりするよりも、ぼくの家のほうがプライバシーを保てる。パパラッチに嗅ぎつけられる可能性も低い。使用人はぜったいに口外しない」

とたんにマリサの顔つきが変わった。それまでとはちがう口調で、彼女は言った。「ありがとう。気遣ってくれたのね。そこまでは考えなかったわ」

礼を言われ、ダマソは驚いた。

マリサはシートベルトをはずして言った。「でも、もう二度と嘘はつかないで」

「今後は前もって相談するよ」

マリサは濃い金色の眉を上げてみせた。「今後のことは」思わせぶりに言う。「わたしが決めるわ」

彼女は軽々と脚を下ろし、ダマソがついてくるかどうか確かめもせずに、ヘリポートから歩き去った。

頭を高く上げ、背筋をぴんと伸ばして歩く姿は、いかにも王女らしい。歩幅は広くないが、しっかりとした歩きぶりで、彼女の考えに世間が合わせるのが当然だといわんばかりだ。

甘やかされたわがままな女だとダマソは考えた。だが魅力的だった。気遣いに対して礼を言われたのには驚いた。自分で物事を決めるという主張は、納得のいくものだった。

足を踏み出すたびに、マリサの形のよいヒップをぴったりと包みこむクリーム色のパンツの布地が揺れる。さらに、彼女の豊かな金髪が肩先ではねるさまを、ダマソは見守った。

今後は何をするにも王女さまの同意を得なければ。ダマソは口元に笑みを浮かべながら、ヘリコプターから降りてマリサを追いかけた。


医師が立ち去ったあと、すぐにマリサは外に出た。おそらく今ごろ、ダマソが医師から検査結果について報告を受けているだろう。

マリサは柔らかな白い砂の広がる浜辺まで行き、サンダルを脱いだ。浜辺を走るか、沖へ泳いでいくか。なんでもいいから、ほんの一瞬でも自由を感じられることをしたかった。

だが、そこでマリサはため息をついた。妊娠しているのだから、慎重に行動しなければ。走ったりしたら、すぐにボディガードに止められるだろう。

マリサは浅瀬に入り、ふくらはぎのあたりまで水につかって、脚を洗うさざなみを楽しんだ。深呼吸をして、鼓動を静めようと努める。

わたしはもうすぐ母親になる。

恐怖の混じった喜びが胸にあふれた。こんな状況とはいえ、子どもができたことを後悔してはいない。けれど、子どもを育てていくのに必要な資質や知識を、わたしは持っているのだろうか？

頼れるのは、ダマソしかいない。子どもを責任の対象としか考えていない、他人同然の男性なのに。

親族は頼れない。頼るどころか、なんとしても、あの連中から子どもを守らなければならない。

ベンガリアの裁判所の顧問たちもだめだ、彼らはシリルの言いなりだ。

友人はいなかった。マリサは遠い昔に、友人をつくるのをあきらめた。わずかにいた友人は、王女にふさわしくないという理由で、王室の手によって遠ざけられてしまった。

マリサはブラジル本土のほうを眺めて、ゆがんだ笑みを浮かべた。ステファンが生きていたころでさえ、彼女はいつも独りぼっちだった。ステファンは支えてくれたが、彼自身が皇太子としてマリサ以上の重荷を背負っていた。

「マリサ」

振り向くと、波打ち際にダマソが立っていた。彼に見詰められ、マリサの全身に緊張が走った。体の奥が熱くなった。

「話がある」

「時間を無駄にしないのね」マリサは腕を組んだ。

「どういう意味だ？」

「医師と話をして、すぐここに来たんでしょう？少しは息をつく暇をくれてもいいんじゃない？」

もし妊娠していたら今後のことを相談しようとダマソは言っていた。口に出して言うつもりはなかったが、妊娠や、そのことをシリルに話さなければならないことで、彼女は追い詰められていた。それに理由はわからないが、目の前にいるこの男性に、何よりも追い詰められていた。

「きみを傷つけるつもりはない」

「あなたが怖いわけじゃないのよ、ダマソ」マリサは今まで、どんな挑戦からも逃げたことはない。これまで彼女が経験してきたことに比べたら、なんでもないはずだった。

それでもマリサは、ダマソの近くに行こうとしなかった。代わりにダマソのほうが近づいてきた。海水が彼の素足とズボンを濡《ぬ》らした。

「気分はどうだ？」

「落ち着いたわ」

「よかった。話があるんだ」

彼の深刻な口調に、マリサのうなじに鳥肌が立った。第六感が働いて、彼女はダマソが結婚の話をしに来たのではない気がした。

「なんなの？」以前、ステファンの死の知らせを聞いたときもこうだった。マリサはダマソが何か言いづらいことを言おうとしていると察した。「子どもがどうかしたの？」かすれた声でたずねる。「わたしが子どもの件で医師から知らされていないことが、何かあるの？」

マリサは動揺してダマソに歩み寄り、思わず彼の胸に手をおいた。彼女は気持ちを静めるために深く息を吸った。

ダマソの口元が引きつった。「子どものことじゃない、マスコミだ。きみの妊娠が記事になった」

「もう？」マリサは屋敷のほうを見た。

「うちの使用人じゃない。ここの者たちは、客人の話をマスコミにもらすようなまねはしない」

「どうして言い切れるの？　それなりのお金を積まれれば……」

ダマソはかぶりを振った。「うちのスタッフは、断じてぼくを裏切ったりしない」

一瞬、マリサは疑った。億万長者と使用人とのあいだにそれほどの強い絆《きずな》があるものだろうかと。

「ペルーのリゾート・ホテルの人間だ。キッチンのスタッフだよ。きみのつわりを落ち着かせるようなものを用意しろとぼくが頼んだのを、耳にはさんだんだ」

「あなたが頼んだの？」マリサは驚いた。お茶とクッキーは医師が用意させたものとばかり思っていた。考えてみると、妊娠がわかって以来、ダマソはつねにわたしのことを気遣ってくれている。

「新入りのスタッフだった。もう解雇した」ダマソは冷酷な口調で言った。

「もうしばらくは、世間に知られずにすむと思っていたのに」マリサは無頓着なふりをしたが、じつのところ緊張していた。ひとたびニュースになったら……。

マリサは十五歳のときのゴシップを思い出した。体操チームの誰かが、マリサがピルをのんでいることをマスコミにもらし、パーティー会場での彼女の写真とともに、あちこちに書きたてられた。

練習の妨げになるほどのひどい生理痛を抑えるためにピルを服用していたことは、まったく言及されなかった。何もかもが曲解され、マリサはふしだらで常軌を逸した、モラルを知らない悪女に仕立てあげられた。

いったん悪いイメージができてしまうと、もはや世間の見方を変えるすべはない。やがてマリサは、世間の期待どおりの役割を演じることに、ひねくれた喜びを覚えるようになった。

「ここではマスコミの心配をしなくていいのね。ありがとう、ダマソ。あなたの言うとおりだった。ホテルにいたら、今ごろ大騒ぎだったわ」

「もう知られてしまったからには、よい状況とは言えないかもしれないが」

たとえつかの間でも、誰かの庇護《ひご》のもとで過ごせるのは魅力的なことかもしれない。しかしマリサは、そんな状態に慣れるわけにはいかなかった。

マリサとダマソは並んで浜辺に上がり、脱ぎ捨てた靴を拾い上げ、家に向かった。青々とした芝地に入ったとき、白い制服を着た使用人が現れて、ポルトガル語でダマソに何か言った。

「どうしたの？」マリサは、ダマソの雰囲気が変わったのを察知した。

「きみにメッセージだ。電話があって、十五分後にまた電話をしてくるそうだ」

「誰なの？」だが答えを聞くまでもなく、マリサは誰からの電話か察しはついていた。どうしようもなく心が暗く沈んでいく。

ダマソは、マリサが恐れているとおりの言葉を口にした。「ベンガリア国王だ」

5

ダマソは日陰になった柱廊で、行ったり来たりしていた。大きなガラス窓の向こうにマリサの姿が見える。

ひとりで電話をさせたことが悔やまれる。今すぐ彼女のもとへ行き、携帯電話を奪いたい気分だった。

今まで、ダマソは他人にこれほど興味を持ったことがなかった。書斎で電話をしているマリサを見ているうちに、説明のつかない不安を覚えた。

国王は何を言っているのだろう？　マリサは不自然なほど背筋を伸ばし、兵士が行進するように部屋の中を規則正しく歩きまわっている。口元を引き結び、肩をひどくいからせていた。

浜辺では、夏の太陽のごとく明るく生き生きしていたのに、今は全身をこわばらせ、まるで別人のようだ。

ダマソは書斎のドアへ歩み寄り、そこで足を止めた。マリサの声が聞こえたが、内容までは聞き取れない。話し口は歯切れがよかった。顎を高く上げ、血筋のよい貴族らしく堂々としている。

相手の話を聞くためか、マリサはいったん言葉を切って、それからまた話しはじめた。さかんに腕を動かしている。日に焼けた体にはプライドと決意がみなぎっていた。

信じられないことに、厳しい様子で話すマリサを見て、ダマソは激しい欲望を覚えた。今まで、物事を取り仕切る女性に好意を持ったことはなかった。支配するのはいつでも自分であり、ルールを決めるのも彼だった。

だから、彼女と一緒に過ごした夜が忘れられないのか？　好敵手どうしが、相手を一方的に支配することなく、対等に向き合ったからだろうか？

だとしたら、なぜ彼女を守ってやりたいという気持ちがこんなに強いんだ？

子どものせいだ。彼女が妊娠しているとわかって以来、彼女のことがつねに頭の中にあった。

マリサが電話を切ったと気づくのに、数秒かかった。彼女は今、肩を落として机に両手をついている。そして、疲れ果てた様子で頭を振った。ダマソは胸騒ぎを覚え、書斎に入っていった。

マリサはすぐに体を起こした。さっきの様子を見ていなければ、ダマソは彼女の顔に一瞬浮かんだ緊張を見逃していただろう。

「マリサ、王はなんと？」

彼女が眉を上げた。ダマソは何も言わずに待った。やがてマリサは彼から視線をそらし、肩をすくめた。

「シリル王は、渉外担当官からわたしが妊娠したという噂《うわさ》があると聞いたそうよ。あまり喜んではいないわ」

「たいした早耳だな！」

マリサは口元をゆがめた。「わたしのことを、いつも監視しているのよ」

「それで、きみはなんと言ったんだ？　妊娠は事実だと話したのか？」

ダマソは、ベンガリアの王室についてもっと知っていればよかったと思った。ツアーの参加者からマリサが悪名高い遊び好きの王女だと聞くまで、彼はこの小さなヨーロッパの王国に興味がなかった。マリサと国王は、今どのような関係なのだろう？

マリサはつややかな机の表面をなでながら、反抗的な口調で言った。「あの人には関係ない話だわ。でも、待っていても何も解決しないと気づいたの。遅かれ早かれ、非難されるに決まっているもの」

「非難される？　結婚していないからか？」

マリサは、苦々しげな笑い声をあげた。「結婚していない。理由はいくらでもあるわ」

ダマソはマリサの辛辣な態度に驚いた。「きみは何をするべきだと思われているんだ？」

マリサは敵と相対するように、背筋を伸ばして顎を突き出した。「しかるべき王子か立派な肩書のある男性に求愛される。王室が手配した場所以外では、目立つことはしない。スキャンダルは起こさない。とくに今は」

「とくに今は？　なぜだ？」

マリサは姿勢を正したが、ダマソと目を合わせなかった。「国全体が、まだステファンの喪に服しているからよ。戴冠式を目前に控え、シリルはスキャンダルが起きるのを恐れているの」

問いかけるような視線をダマソに投げかけられ、マリサは説明を加えた。

「シリルはわたしの叔父、父の弟に当たるの。国王だった父が亡くなったあと、ステファンが二十一歳になるまでの十一年間、シリルがベンガリアの摂政を務めたわ。ステファンはわたしの双子の兄で、ベンガリアの国王になった。けれど二カ月前、モーターボートの事故で命を落としたの」

二カ月前？　ダマソは眉をひそめてマリサの顔をうかがった。マリサと出会ったのは、彼女の兄が亡くなった直後ということになる。あのときのマリサは、愛する者を失ったばかりとは思えなかった。

だが、悲しみや喪失感について、ぼくに何がわかるというのだろう。ぼくには家族はおろか、親しい友人さえいないのだから。

「叔父のことが好きではないのか？」

マリサは短い笑い声をたてた。「我慢できないわ。叔父は父を亡くしたわたしたちの後見人で、事実上の国王だった。ステファンが即位してからも、何かと口を出したわ」

マリサの口調は苦々しげで、言葉よりも雄弁に彼女とシリル国王との関係を物語っていた。

「だが、今ではきみは自由なんだろう？」

マリサは砂浜まで続いている芝地のほうへ目をやった。平和な光景を見ても、心は落ち着かなかった。

この二日ばかり、マリサはショック状態に陥っていた。そこへ追い討ちをかけるように、シリルにひどい脅しをかけられた。

「そんなに単純な話じゃないのよ」

「いったい何があったんだ？」ダマソは低い声で問いかけた。

マリサが顔を上げると、彼の探るような視線とぶつかった。ダマソとシリルとのあいだで板ばさみになったような状態になり、マリサは息が詰まりそうだった。いばりちらす男たちから離れ、考えを整理する時間が欲しかった。

「説明してくれないか、それともぼく自らシリル国王に電話をしてきこうか？」

マリサは思わず笑った。「叔父は、あなたとは話さないわ」

ダマソは腕を組み、黒い眉を片方だけ上げて、マリサの顔をうかがった。声を荒らげることはなかったが、彼の全身には固い決意がみなぎっていた。

「どうしてきみは自由になれないんだ？」

マリサはため息をつき、近くの肘掛け椅子に座った。「叔父が国のお金を握っているからよ」

愚かにも、マリサはまさかそんな事態になるとは予期していなかった。ずる賢いシリルのやり口を知っていたはずなのに。

今やマリサの財産はすべて王室に差し押さえられてしまった。何もかもを失った今、どうやって家を見つけ、子どもを育てていけばいいのだろう。

「きみへの給費を止めると言われたのか？」ダマソは努めて軽い口調で言った。

「そう、あなたが給費というもの、つまり両親がわたしに遺《のこ》してくれた財産を、差し止めるそうよ。個人的な銀行の口座も含め、すべて凍結すると言われたわ」マリサは深く息を吸いこんだ。

ダマソの目に怒りの炎が宿った。「なんの権利があって？」

「主権者の権利よ。ベンガリアでは、それは絶対なの。もしその気になれば、叔父は近親者全員を支配できる。あくまで合法的に。モラルとして正しいかどうかはともかく」

マリサは急に疲れを感じた。厳格だった父親でさえ、そのような権力を行使したためしはなかった。いかにもシリルのやりそうなことだった。

シリルはマリサを脅して、本当にベンガリアに戻らせたいと思っているのだろうか。それとも反抗的な彼女を懲らしめたいだけなのだろうか。ダマソはマリサの前にかがみこんだ。「ぼくと一緒になれば、金の心配はなくなる」

「でも、わたしはあなたとの結婚を承諾したわけじゃないわ」

ダマソは何も言わなかった。マリサは寒気を覚え、おなかの子を隠すように腕を組んだ。

叔父もダマソもそれぞれの思惑でわたしを管理しようとしている、とマリサは思った。ふたりとも子どもを欲している。ダマソが欲しがる理由はまだ理解できない。叔父のほうはわかる。王室の血筋を引いた赤ん坊を利用して、国力を広げるつもりなのだろう。

「じゃあ、仕事を見つけて自活すればいい」ダマソはいらだちのにじむ口調で言った。

「わたしが努力しなかったとでも思うの？　誰もまともに取り合ってくれなかったわ。どこにでもマスコミが追いかけてきた。いつまで仕事が続けられるか、お金を賭ける人までいたのよ」

ダマソが驚いた顔をするのを見て、マリサは視線をそらした。何度も希望を打ち砕かれたのを思い出し、体がわななく。失敗が失敗を呼んだ。遊び好きでわがままで、何事も長続きしないという評判が、つねについてまわった。

ボランティアの一環として養護学校で働いたときのことだ。報道関係者が学校の外に張りこんで、学校の職員や子どもたちまで困らせた。とうとうマリサは校長から言われた。もう学校に来ないでくれと。

「やってみたのよ。何もしなかったわけじゃない」

マリサは立ち上がった。すぐにダマソが前に立ちはだかり、大きな手で彼女の手首をつかんだ。

ダマソはマリサの青白い顔を見下ろした。明るいはずの瞳は陰り、小刻みに身を震わせている。それでも彼女はゆっくりと顎を上げた。背筋を伸ばす姿勢は、無意識のものなのか、それともダマソのような庶民を威嚇するための練習の成果なのか。

　ダマソには、傲慢な態度の下に隠された心の痛みを感じることができた。こんなにマリサを守りたいと思うのはなぜなんだ？　こんなに強く抱きしめたいと思うのは？

　マリサの目の下には青い隈《くま》ができていて、唇は隠しようもなく震えている。ダマソはあらためて、マリサが、経済上だけではなく、さらに深い苦境に立たされているのを察知した。

「国王が何をしようと、ここならきみに手を出せない」

「ここにずっといるとは言っていないわ」

　ダマソはいらだった。自分の子どもが自分のいないところで育つことを、認めるつもりはなかった。

　自分の子ども——その言葉が心の闇に明るい光を投げかけた。彼は誰かと深いつながりを持ちたいと考えたことはなかった。だが子どもの人生には深く関わるべきだと思う。子どもには父親が、そして家族が必要だ。

　彼は自分が求めるものから身を引くタイプではない。欲しいものはしがみついてでも手に入れなければ、貧しい幼少時代を生き抜けなかった。

　欲しいものを手に入れる方法はひとつではない。今やダマソは知っていた。マリサが世間で考えられているような遊び好きの軽薄な女ではないと。

「放して、ダマソ。痛いわ」

　マリサは自分から彼の手をふりほどこうとはせず、毅然《きぜん》とした様子で立っていた。つかんでいる手から、彼女の小さな震えが伝わってくる。

「痛むのか？」ダマソは彼女の手首を放し、あらためてその手を包みこむようにして持ち上げた。それから彼女の肌の香りを吸いこみ、手首の内側に唇を押しつけた。

「ダマソ、放して」

彼女の声は明らかに動揺していた。ダマソはベッドでマリサがあげた、かすれた叫び声を思い出した。

「放したくないと言ったら？」

ダマソは視線を上げずにマリサの手を握り、手のひらにキスをした。マリサの震えを感じて自らも全身をこわばらせる。

誘惑者が誘惑されることもある。だがダマソは、主導権を渡すつもりはなかった。どんな手段を使ってでも、マリサをここに引き止める。必要とあらば、力ずくでも。

「きみに、ここにいてほしい」

ダマソは彼女を抱き寄せた。マリサの手首に唇を押しつけ、その位置を彼女の腕に沿って少しずつ上げていく。肘まで達したとき、マリサはあえぎ、びくりと体を動かした。

その瞬間、ダマソは胸の奥で欲望の炎が燃え上がるのを感じた。

マリサが欲しい。

さらに肘から上へと、ダマソは時間をかけて柔らかな肌をたどっていき、やがてむき出しの肩に到達した。マリサの体から力が抜けるのを感じ、ダマソの胸に勝利感がこみ上げた。これでマリサはぼくの希望どおり、ここに居続けるだろう。

ダマソはマリサの首元の、脈打つ部分に鼻をすり寄せた。下腹部が興奮してこわばるのを意識しながら、ダマソはマリサを抱きしめ、首筋にキスをした。抑えきれないほどの欲望がこみ上げる。

唇を重ねようとしたとき、マリサが抱擁から逃れ出た。不意をつかれて、ダマソは彼女をつかまえそこなった。マリサは激しい息をつきながら、心臓が飛び出すのを恐れるかのように胸を押さえて立っていた。

もう一度マリサのほうに手を伸ばしながら、ダマソは彼女の顔を見た。混乱と興奮と恐怖が入り混じり、ひどく張り詰めた表情を浮かべている。

ダマソは胸を締めつけられた。マリサは疲れ果てた様子だった。それでも立ち向かおうと、必死に立っている。顎を突き出し、頬を紅潮させて。

このまま彼女を誘惑してもいい。もう少しで降参しそうに見える。だがそうすることで、ぼくはどんな代償を払う羽目に陥るのだろう？

人生で初めて、ダマソは勝利の手前で引き返すことに決めた。まだマリサの準備ができていないと感じたからだ。ダマソ自身が、自分の下した決断に驚いていた。自分の欲望より、女性の状態を優先するとは。

「提案がある。しばらく、ここにいたらどうだ？　つわりがなくなるまで休むといい。国王といえど、ここなら手出しはできない」

ダマソは手を振って、窓の外を指し示した。

「好きなだけゆっくりすればいい。そのあと、話し合おう。しばらくのあいだ、ここがきみ専用のリゾートだと考えて」

「あなたが所有しているリゾートでしょう」

かすかにいらだちながらも、ダマソはうなずいた。

「もちろん、ぼくはいる。ここが家だから」

ダマソは世界じゅうにある他の住まいについて話すのはやめた。マリサのもとを離れるつもりはなかった。

しばらく考えてからマリサは口を開いた。「条件があるの。何においても強制するのはやめて。プライバシーは侵さないで。それから、わたしが出ていきたいと言ったら、止めないで。わたしは自分の意思でここに滞在する。行動を制限されるのはいや」

ダマソは首をかしげた。彼女は自分が切望しているのがプライバシーなどではないと、いつになったら自覚するのだろう？

6

急に日差しがさえぎられ、マリサは目を開けて寝椅子から顔を上げた。

「これ以上そこにいたら、肌に悪い」

ダマソの声を通すと、注意の言葉も誘惑的に聞こえた。たちまち眠気が消えて、鼓動が速まるのがわかった。この島に来て何週間も経《た》つのに、まだ彼のすべてに慣れることができない。

ダマソがシャツを脱ぐのを見ながら、マリサは口の中が乾くような気がした。彼の肌が午後の日を浴びて金色に輝く。マリサは引き締まった彼の腹部の筋肉に目を奪われた。体の奥が熱くなり、身をよじらずにはいられない。

「少し前に日焼け止めクリームを塗ったわ」マリサの声はいつもより高かった。ダマソほど魅力的な体の持ち主は見たことがなかった。彼とともにした夜の思い出を消そうにも、力強い腕に抱きしめられたときの喜びが鮮明によみがえる。

つわりがおさまるのを残念に感じるとは夢にも思わなかったが、何週間かでその不安がなくなると、ダマソの存在がいっそう気になりはじめた。

「さあ、塗ってやろう」ダマソは日焼け止めクリームのチューブを手に取り、手のひらにクリームを出した。

「けっこうよ！　せっかくだけど、自分で塗るわ」

マリサは頬を赤らめながら、ダマソからチューブを奪い取った。マリサを見詰める目の輝きで、彼もまた、あの情熱の一夜を忘れていないことがうかがえた。気づいたときには、マリサはダマソというほとんど未知の男性に心を引かれていた。

自立をあきらめ、別の男性に支配されることは、ぜったいに避けたかった。子どもが生まれるとわかった今、頼れるのは自分だけだ。

少なくともダマソは、この何週間かはマリサを支配しようとはしなかった。シリルからはひっきりなしに電話や電子メールでメッセージが届き、不安な気持ちにさせられた。

マリサは手にクリームを取り、胸元から腹部、脚へと塗っていった。ダマソは立ったまま、それを見ていた。

「背中は?」

答える代わりに、マリサはリネン地の青いシャツを羽織った。

彼の口の端に浮かんでいるのは笑みかしら?

「きみはまったく自立した女性なんだな、マリサ」

「いけない?」シリルに言わせれば、〝自立した〟というのは〝やっかいな〟と同義語だ。


「ぜんぜんかまわない。自立はすばらしい。それが生死を分けることもある」

マリサはどういう意味かときこうとしたが、その前にダマソが彼女の横に膝をつき、身を寄せてきた。この何週間かは、温《ぬく》もりが感じられるほど彼がそばに近づいたことはなかった。

すぐにマリサの胸に興奮が湧き起こり、鼓動が速まった。その反応の激しさに驚き、マリサは抵抗するのを忘れた。

「塗り残しがある」ダマソは低い声で言い、かがみこんだ。生真面目な顔つきで、まるで子どもにするように、彼女の鼻にそっとクリームを塗った。

マリサのほうは、少しも子どものような気分ではいられなかった。ダマソが欲しかった。彼の愛撫《あいぶ》、彼の体、そして何よりも彼の優しさを、驚くほど強く求めていた。

だがマリサは、一夜をともにしたあとで冷たく切り捨てられたことを忘れてはいなかった。マリサは体を引いて彼から離れた。

ダマソは、マリサをじっと見詰めた。彼女が何を考えているか、ダマソにわかるはずはない。何年も前に、マリサは自分の考えを隠すすべを覚えた。

彼は指に残っていたクリームを、自分の胸に塗り始めた。マリサは魅力的な彼の体から、片時も意識をそらせなかった。遅い午後の光の中で、ダマソは金色に輝く彫像さながらだった。

「その傷はどうしたの？」

「ナイフで切られた」ダマソは自分の胸に残っている傷跡に目をやり、肩をすくめた。

「こっちは？」彼の腰骨の近くに、肌がくぼんだ傷跡があった。

「どうしてそんなことをきくんだ？」

「いけない？　結婚しようと言うけれど、わたしはあなたのことを何も知らないのよ」

この島に来て以来、結婚という話題が出たのはこれが初めてだった。その話題は避けるという、暗黙の了解ができていた。

彼女の言葉に考えこむような様子で、ダマソは腕を胸の前で組んだ。

「別のナイフで切られた」

マリサは眉をひそめた。「若いころ、ずいぶんと喧嘩《けんか》に飛びこんでいったみたいね」

ダマソはかぶりを振った。「飛びこんでいったんじゃない。抜け出してきたんだ」彼女の当惑した顔を見て肩をすくめる。「ぼくは生き残ることだけを考えてきた。自分から喧嘩に飛びこんでいったことは一度もない。たくさんの喧嘩から抜け出してきたんだ」

マリサは背筋が冷たくなった。彼女自身はさまざまな面倒に巻きこまれたけれど、ナイフで攻撃されるような危険な目に遭ったことはなかった。

「人生って、つらいものね」

ダマソの目に、何かがひらめいた。それまで、マリサが見たことのないものだった。

彼は首をかしげて言った。「きみにとってもね」

突然、ダマソが勢いよく立ち上がった。身をかがめてマリサに手を伸ばしたが、彼女は顔をそむけ、彼の手に気づかないふりをした。ひとりで立ち上がって彼に背を向け、一定の距離を保ったまま歩きはじめた。それでも、彼の存在を強烈に意識していた。

「きみのうなじの傷は、どうしたんだ？」

マリサは驚いた。今は傷は見えていないはずだ。一本の太い三つ編みに隠れている。つまり、ともに過ごした夜に気づき、ずっと覚えていたということだ。ふたりの目が合った。そのとたん、マリサは爪先から胸元へ、そして全身に熱が広がるのを感じた。ダマソはあの夜、何度もわたしを誘惑し、体の隅々まで探った。


「鉄棒から落ちたの」

「鉄棒？」ダマソは片方の眉を上げた。

「体操競技の種目に鉄棒があるでしょう。その練習中の事故でできた傷よ」マリサは話しながら、知らず知らずうなじの傷をなでていた。

「体操をやっていたのか？」ダマソはマリサを初めて見るかのような目で見た。

「昔ね。今はしていないわ。一流選手になるには、年を取りすぎたわ」マリサは苦々しい口調で答えた。

大好きだったスポーツをしていないのは、年齢のせいではなかった。選手としてもコーチとしても、今はいっさいスポーツに関わっていない。何年も前に決めたことだけれど、今になって突然、マリサは我ながら驚くほどの後悔の念を覚えた。

妊娠すると、人は感傷的になるの？

騒がしい世間から離れてゆっくり過ごしたおかげで、体の具合はよくなったが、心は落ち着かなかった。危うく感情が表に出てしまいそうになる。

ふたりは黙ったまま、柔らかな砂地の浜辺を歩いた。驚いたことに、ダマソの存在を意識しながらも、マリサは彼といることに心地よさを感じていた。

浜辺の端に着いたとき、マリサはずっと胸の中に渦巻いていた疑問を口にした。

「ダマソ、どうして結婚したいの？　親にはなっても結婚しない人は、たくさんいるでしょう」マリサは彼のほうに顔を向けてたずねた。この問題は、つねにマリサの胸に重くのしかかっていた。

「きみのご両親は結婚していただろう？」

「お勧めできるような結婚じゃなかったわ」マリサは皮肉な口調を隠そうともしなかった。

「幸せな結婚じゃなかったのか？」

マリサは肩をすくめてからかがみこんで、光沢のあるピンクの貝殻を拾った。「ええ、幸せじゃなかったわ」

マリサはため息をついた。話そうかしら？　そうしたら、わたしが結婚を躊躇《ちゅうちょ》する理由をわかってもらえるかもしれない。

「そもそも王室が決めた、形式的な結婚だったの。母は美人で優しくて、生まれがよくて……もちろん、お金持ちだった」

マリサは口元をゆがめた。ベンガリアの王室は、いつでも財政的に有利な取り引きを求めている。

「父はあまり優しい人じゃなかった。お似合いの夫婦ではなかったのよ」

少なくとも、マリサの記憶や人から聞いた話ではそうだった。母親は遠い昔に亡くなり、マリサには母の思い出がほとんどなかった。

「だからといって、すべての結婚が失敗に終わるとは言えない」

「あなたのご両親は幸せだった？」ダマソが仲のいい愛情あふれる家庭で育ったというのなら、彼が結婚にこだわる理由はわかる。

彼は長いあいだ黙したまま、マリサを見詰めていた。マリサは身を硬くした。

「両親のことを、ぼくはまったく覚えていない」

「孤児だったの？」

「きみがショックを受ける必要はない。遠い昔の話だ」ダマソのほほえみはうわべだけのもので、目は笑っていなかった。

「だったら、どうして結婚したいの？」

「自分の息子の人生に関わりたいからだ。あるいは、娘の。ぼくの子どもは、ぼくが支えていく」

マリサは身を震わせた。ダマソは、子どもに必要なのは父親だけのような話し方をする。彼の計画の中で、わたしはどういう立場なのだろう。

「わたしがいい母親になるとは思えないのね？　やはり、マスコミが流すゴシップでわたしを判断しているんだわ」どこまでもつきまとうスキャンダルを思い、マリサは胸が痛んだ。

ダマソはかぶりを振った。「ぼくは子どもが肉親と離れて暮らしてはいけないと言っているだけだ」

彼の低い声に、マリサは憧れのような響きを聞き取った。何かしら？　マリサは彼の厳しい顔を見上げ、優しさの片鱗《へんりん》を探した。

だが彼の表情を読むことはできなかった。

今のマリサは、心から支援を求めている。だが愛情の伴わない責任感は危険だ。

「子どもには両親が必要だと思わないか？　ぼくたちが守ってやるのが当然だ。そうだろう？」

「それはそうよ、でも……」

「〝でも〟はなしだ、マリサ」

突然ダマソはマリサの肩をつかんで引き寄せた。彼の体から発散するエネルギーに、マリサは衝撃を受けた。

「子どもをひとりで世間に放り出すようなまねはで

きない。安心できる家庭で育て、どんな危険からも守ってやりたい。寂しい思いはさせたくない。そう思うのはいけないことか？」

突然、かたくななまでに無表情だった仮面がはがされ、強烈な感情がむき出しになった。それまでの冷たくてよそよそしい男性とは、まったくの別人が現れた。黒い目はきらめき、両手は震えている。

もしかしてダマソ自身がそんな悲惨な経験をしたのだろうか。誰にも保護されず、気にもかけられずに育ったというの？

マリサはナイフの傷跡のことを、そして自立心が生と死を分けるという言葉を思い出した。

恐怖と同情がマリサの胸にあふれる。この男性は、いったいどんな経験をしてきたのかしら？

だがマリサは、あえて質問はしなかった。ダマソは自分のことを進んで話すタイプではない。今まで明かした事柄も、マリサのために、しかたなく話したにすぎない。

「もちろん、いけないことじゃないわ」マリサはかすれぎみの声で答えた。

「じゃあ、結婚に同意するんだな？」ダマソは顔を輝かせた。

「そうは言ってないわ」マリサは身を引こうとしたが、それより先にダマソに抱き寄せられた。彼の体の熱気がマリサを包みこみ、彼の香りが鼻をくすぐって、愛し合った夜に味わった彼の肌の塩からさを思い出させた。

「今すぐ説得してみせようか」ダマソの声が低く響いた。

彼は手をマリサの肩から背中へ滑らせ、そっとなでた。マリサは全身が興奮に震えるのを感じ、唇を噛《か》んだ。

「ここに来てからずっと、きみはぼくから距離をおいていた。でもぼくたちは、おたがいにつながりを感じている。それは否定できない」

ダマソはマリサの背中の曲線をたどりながら、ヒップへと両手を移し、ひしと抱き寄せた。

逃げ出したいと思いながらも、マリサは目を閉じた。ダマソに抱かれてはいても、けっして動けないわけではない。そのつもりになれば逃げ出せる。けれどマリサはじっとしていた。

ダマソの言うとおりだった。マリサはずっと彼を求めていた。毎日ダマソと顔を合わせながら近づかないでいるのは、つらいことだった。

「ぼくにこうされたかったんだろう？　これがぼくたちふたりにとっての喜びになる。おたがいにあまりにも長く否定してきた喜びに」

首筋にキスをされて興奮をかきたてられ、マリサは両手で彼の胸を探った。

ダマソは片手をマリサの脚のあいだへ滑りこませた。とたんにマリサの体の奥が熱く燃え上がった。

息を乱しながら、マリサは一瞬、我に返った。ダマソのしなやかな動きを見て、あることを思い出したのだ。手慣れた様子で誘惑してきた昔の恋人を。アンドレアスは、マリサとの情事を友人との賭けの対象にしていた。

ダマソはたくみにマリサの興奮をあおり、訳知り顔でほほえんでいた。彼は誘惑のしかたを心得ている。

マリサは必死の思いであとずさり、ダマソから離れた。彼の抱擁から逃れたことに、我ながら驚いていた。ダマソの顔に、むき出しの感情がよぎるのが見える。ショック、怒り、欲望、そして決意。

もう一度抱き寄せられたら、きっと屈してしまう。彼の行為はすべて、わたしを手なずけるために計算されたものだとわかっていても。

マリサが闘っている相手はダマソではなく、彼女自身だった。頬が熱く紅潮した。

あたりは静まりかえり、マリサに聞こえるのは耳の奥で響く鼓動と、ダマソの乱れた呼吸だけだった。「やめて」マリサの声は、喉に詰まってくぐもっていた。大きく息を吸いこんだあとで、彼の上下している胸に赤い線が走っていることに気づいた。マリサがつけた爪の跡だ。「お願い」あえぐように言う。プライドはすでに砕け散っていた。涙で視界がくもり、顔を両手で覆いたかった。どれほど簡単に誘惑に屈したかを思うと、恥ずかしくてたまらない。

無理やり顔を上げ、マリサはダマソと視線を合わせた。

「少しでもわたしを大事に思ってくれるなら、二度と今みたいなことはしないで。あなたが本気でないかぎり」

7

「ダマソ！　久しぶりね」

聞き覚えのある女性の声がして、ダマソは振り向いた。アドリアナとベッドをともにしたのは何カ月も前のことだが、もっと昔のような気がした。華やかなアドリアナの姿を見ても、今のダマソはまったく興味が湧かなかった。

「アドリアナ、元気かい？」彼は会釈をして言った。

「あなたと会って、元気になったわ」アドリアナは誘惑するようにほほえみ、なれなれしく彼の背中に手を這《は》わせた。

ダマソはいらだちを覚え、身じろぎをした。すると、アドリアナは眉をひそめて手を離した。

「せっかく会えたのに、うれしくないの？」アドリアナは赤く塗った唇を突き出してみせた。

「いや、うれしいよ」

たしかに、昔はうれしかった。だがそれは、アドリアナが町にある彼のペントハウスで同居したいと言いはじめ、彼の行動に口出しをするようになるまでだった。独占欲の強い女は好きではない。

あからさまに誘いかけてくるアドリアナの目つきや、思わせぶりに押しつけてくる体にも、ダマソは何も感じなかった。彼は背筋を伸ばした。

アドリアナは美しい。だが……。

「新しいお友だちができたのね」アドリアナは声を低くして言った。「紹介してくれないの？」

ダマソが振り向くと、人だかりの中にマリサがいた。金髪を高い位置でまとめ、いつもより背が高く見える。歩くたびに青いワンピースの裾が膝の上で揺れ、男たちの視線を引いていた。


マリサはふと足を止め、特別あつらえのフォーマル・ウエアに身を包んだ愛想のよい男と笑いながら言葉を交わした。ファッション・ウィークの初日のイベントにふさわしい装いをし、無精髭《ひげ》のように見える髭さえおしゃれだ。もしかしたらモデルかもしれない。

ダマソはいらだちを覚えた。男に向かってマリサがほほえむのを見て、グラスを持つ手に力がこもる。

「お友だちは忙しいみたいね」

アドリアナの声は、耳の奥で響く鼓動のせいで遠くから聞こえるようだった。部屋の向こうでは、マリサがさらに別の男と話しはじめた。明らかに、男たちに注目されるのを楽しんでいる。

ダマソは近くのテーブルに、乱暴にグラスをおいた。

マリサはぼくのものだ。まだ本人は認めてはいないが、まもなく認めるはずだ。何日か前、島で、無理やり認めさせることもできた。マリサとなれなれしくする男を、ダマソは殴りたくなった。

「ダマソ、大丈夫？　気分でも悪いの？」アドリアナがダマソの腕に触れて言った。

ダマソは無理やり視線をマリサからアドリアナへと移した。アドリアナは心配そうだった。おそらく初めて、ダマソが冷静な態度を崩すのを見たからだろう。

マリサを忙しくさせ、そのあいだに落ち着いて浜辺での出来事について考えたいと思い、ダマソはマリサを町に連れてきた。だが、久しく感じたことがないほど不安な気分になった。

彼は歯を食いしばり、マリサの取り巻きに近づいていった。たちまちその場の会話は途絶え、男たちは退散していった。

「ダマソ」

彼の名を呼ぶマリサの声を聞き、彼を見詰める彼女の輝く瞳を見て、ダマソは人目もはばからずに彼女を抱きしめたいという衝動に駆られた。

「こっちに来てくれてうれしいわ」

「本当か？　楽しそうにしていたじゃないか」

マリサは肩をすくめ、顔をそむけた。ダマソは彼女の顎を包みこむようにして自分のほうに向かせ、表情を読もうとした。長いまつげで瞳は隠れているが、唇が震えている。化粧の下に疲れが見て取れた。

「マリサ？」ダマソはふいに胸を締めつけられた。

「どうしたんだ？　楽しんでいると思ったのに」

パーティー好きな王女さまを満足させたかったら、サンパウロでいちばんおしゃれなパーティーに連れてくればいいはずだった。名士ばかりが集まり、心地よい音楽がムードを盛り上げるパーティーに。

「楽しいわ。でも、ちょっと疲れたの」

「疲れた？　こういうパーティーは好きだろう？」

パーティーが生きがいではなかったのか？

「たまになら、いいけれど」マリサは形だけほほえんでみせた。

ダマソは彼女のむき出しの肩が、不自然なほどこわばっているのに気づいた。彼女は少しもパーティーを楽しんでいなかった。

マリサは彼の手から離れ、顔をそむけて、派手な飾りがついたカクテルのグラスを口に運んだ。その細い手首をダマソはつかんだ。

「アルコールは子どもによくない。ここにあるような、強いカクテルはとくに」

マリサは口元をこわばらせた。目を細くして、ダマソをにらみつける。「ずいぶん見くびってくれるものね」

彼女は果物で飾られたカクテルのグラスをダマソのほうへ突き出した。その拍子にカクテルがこぼれて、マリサの手首とワンピースにかかったが、彼女はまったく気にしなかった。

「ほら、飲んでごらんなさいよ」

ダマソは周囲の低い声や、ふたりをうかがっている視線を意識した。

「飲みなさいよ！」マリサは軽蔑するように口元をゆがめた。「これでも強すぎるんじゃないかって心配なの？」

マリサはなおも彼をにらつけみながら、安っぽい色つきのストローを彼の唇に押しつけた。ダマソは渋々ストローを吸った。

「フルーツジュースじゃないか！」

「驚いた？　シャンパンをがぶ飲みすると思われているわたしが、ソフトドリンクを飲んでいるんですものね」

突然マリサはグラスから手を離した。落ちて粉々に砕ける前に、ダマソがグラスをつかむ。冷たい、べとつくジュースが彼の手から滴り落ちた。

「あなたのすてきな島にいるあいだ、ワインだってひと口も飲まなかったわ」とげとげしい口調で言い、マリサは顎を突き出した。「なのに、パーティーに来たとたん我慢できなくなると思ったのね？」口元には笑みが宿っているが、目は笑っていない。「やっぱり評判が先行するのね。他に何を考えていたのかしら。あなたがお友だちと話しているあいだに、こっそり別の男と抱き合うとか？　それであわててやってきたの？」

　ダマソはマリサを見詰めた。辛辣な言葉を口にしながら、彼女の顔には笑みが浮かんでいた。そばで見ている者には、マリサが彼に媚《こ》びているように見えるだろう。非難しているのではなく。

　マリサはイメージを作り上げる達人だと気づき、ダマソは衝撃を受けた。突然、彼の自信は根底から揺らいだ。

　さっき取り巻きに囲まれて笑っていたとき、マリサは本当に楽しんでいたのだろうか？　ただ、うわべを取り繕っていただけかもしれない。

「きみのそばにいたかったから来たんだ」

「そうだと思った」

　マリサの口調は皮肉っぽく、信じていないのは明らかだ。

「お友だちをおいてきてよかったの？　親しいお友だちなんでしょう？　邪魔をするつもりはないわ。明日、会いましょう。おやすみなさい、ダマソ」マリサは彼にくるりと背を向けた。

　とっさにダマソは彼女の腕をつかんだ。柔らかくて冷たい腕だった。

　彼に触れられたら汚れてしまうといわんばかりにマリサは片方の眉を上げた。一夜をともにしたあと、軽蔑するような態度で別れを告げたときと同じ表情だ。ダマソは彼女の腕を放そうとしなかった。

「どこへ行くつもりだ？」

「あなたの家よ。他にどこがあるというの?」マリサは氷のように冷たい表情で答えた。

「いいだろう。ぼくもすぐに出られる」

ダマソはマリサの手を腕の下にはさみ、周囲の好奇心たっぷりの視線を無視して歩きだした。


ペントハウスまでヘリコプターで飛ぶあいだ、ふたりはまったく無言だった。マリサはダマソから顔をそむけ、眼下に広がる町明かりを眺めるふりをしていた。彼のことは気にかけるに値しないかのように、ずっと無視している。ダマソはいらだった。

マリサを好色な目で眺める男たちを見たとき、彼はどうしようもない怒りを覚えた。加えて嫉妬を。それに気づいて、ダマソは強烈なショックを受けた。

ヘリコプターが着陸し、まもなく居間にふたりきりになった。ダマソが明かりをつけるかつけないかのうちに、マリサは両手を腰にあてがって彼をにらんだ。その目は怒りに燃えていたが、暗い影も見て取れた。

「悪かった。大げさに騒ぎすぎた」ダマソはこれまで、女性に謝った経験がなかった。今、その言葉を口にしていることが、自分でも信じられなかった。

「そのとおりよ」

おかしなことに、マリサの反抗的な態度を見て、ダマソは彼女を抱き寄せて慰めたいと思った。

「きみが酒を飲んだり、セックスをしたりすると思っていたわけじゃない」ダマソはそこで言葉を切った。もっとましな言い方がある気がした。

「そう言われて、わたしが喜ぶとでも?」

「いや」ダマソは、彼らしくもなく考えあぐねて、髪をかき上げた。いつもなら、女性を説き伏せるなど造作もないのに。

「疲れたわ、ダマソ。あとにしましょう」マリサは彼に背を向けた。

「いや、だめだ。きみのことを理解したいんだ、マリサ」本当だった。生まれて初めて、ダマソは女性について知りたいと思った。「きみに信頼されたいんだ」

マリサは冷たい声で答えた。「信頼？　どうしてあなたを信頼しなければいけないの？　あなたと一夜をともにしたとき、あなたの中で〝信頼〟というのは、あまり高い優先順位ではなかったと思うけれど」

マリサは両手を合わせ、指を絡ませた。ダマソはまた、彼女は演技をしているのではないかと考えた。心の痛みを隠すために。

「自分が満足したら、すぐに立ち去ろうとしたでしょう。失礼にもほどがあるわ」マリサは顎を突き出し、頬を赤く染めて言った。

あの明け方のやりとりを思い出すとき、ダマソはマリサの高慢な態度ばかり考えるようにしていた。そのほうが、自分でも驚くほどの欲望におびえてベッドから飛び出したという事実を考えるより、はるかに気が楽だった。緊急の用事があったわけではない。この女性は彼の心を危険なほどかきみだすと、直感的に察知したせいだった。

以来、立ち止まって考えるのを避けてきたが、今初めてその問題にまともに向き合っていた。

「あんなふうに立ち去るべきではなかったと思っている。ぼくが間違っていた」

マリサが目を見開き、青い瞳でダマソの視線をとらえた。ダマソが自分の非を認めたことについて彼自身と同じくらい驚いているのがわかる。

「けれど状況は変わった。もっとよく知り合うことが、おたがいに必要だと思う」

「パーティーで、わたしがお酒を飲んでいると思って、あなたは……」

「あれもぼくが悪かった」ダマソはいらだちのあま

り声を荒らげた。気を静めようとして、大きく息を吸いこむ。「きみが笑顔の下に本心を隠しているのを、ぼくはもう知っている」ツアーに参加したとき、マリサはまわりの人たちに笑みを振りまいていたが、ひとりになるとどこか寂しげだった。

「ずいぶんわたしに詳しくなったのね」マリサは皮肉っぽく言った。

「そういうわけじゃない。だが、マスコミがつくりだした王女さまは本当のきみではないことはわかった」

それに気づくのにダマソは長い時間を要した。不慣れな感情に混乱し、考えがまとまらなかったのだ。

軽薄で遊び好きな女性が、写真を撮るのに夢中になったりするはずはない。ツアー先や彼が所有する島で、マリサが熱心に写真を撮っているのを、ダマソは何度も目撃していた。

パーティーに出るのだけが楽しみだとしたら、働けないと言って動揺するはずもない。

何より、億万長者と結婚するチャンスに飛びつかなかったのはなぜだ？　二日間も町で買い物をする時間があったのに、マリサが買ったのはただひとつ、今夜のためのドレスだけだった。

「きみを理解しているとは言わない、マリサ。だが、理解したいと思っている」ダマソの声には、自分が手間取ったことへのいらだちがにじんでいた。

「あなたはそういう気持ちを妙な方法で表すのね。パーティー会場に着いたとたん、あなたはどこかへ行ってしまった」

マリサの言うとおりだが、それは彼女を自由にさせるのがいいと思ったからだ。「もしかして不安だったのか？」ダマソは眉をひそめた。取り巻きに囲まれて楽しそうにしていたのに。

「不安ではなかったけれど……」マリサは肩をすくめて、視線をそらした。

「最後まで言ってくれ」

マリサは顔を上げて、突き刺すような視線をダマソに注いだ。「あなたとの関係や妊娠についてきかれたりして、ちょっと面倒だったわ」

「そんなことをきくやつがいたのか?」彼女を自由にしたいと思うあまり、ダマソはそこまで気がまわらなかった。あらためて罪悪感がダマソの胸にあふれた。

「直接ではないわ。でも、それとなく……」

マリサは肩をすくめた。こわばった口元や、肩をそびやかした様子に、緊張が見て取れた。

「きみをひとりにするべきではなかった」

マリサは片方の眉を上げ、苦々しい口調で言った。「あなたと一緒にパーティーに行きながら、すぐにひとりになったのを、特別な合図だと見なした人もいたわ」

ダマソは顔をしかめた。「何かされたのか?」

「いいえ、でも何人かが……」

「想像はつく」ダマソは、いやになるくらい容易に想像できた。

彼は片手でうなじを揉《も》み、こわばった筋肉をほぐした。うかつにも、よかれと思ってとった行動が、つかの間の女性との関係を求めてうろつく男に絶好の機会を与えてしまったらしい。

マリサが一夜の相手を求めるなどありえない。彼女はぼくのものだ。

「悪かった。一緒にいるべきだった」ダマソは謝らずにはいられなかった。

マリサは窓辺に歩み寄った。背筋を伸ばした姿が、多くを物語っていた。「自分ひとりで闘うのには慣れっこよ」

今夜はダマソに非があった。マリサと知り合う前は、罪悪感や後悔とは無縁だった。彼女のそばにいると、いつもの何倍も感じやすくなる。

もしマリサがそれを知ったら笑うだろう。彼女は浜辺での愛撫《あいぶ》を、結婚を承諾させるための戦略だと考えた。だが実際は、ダマソは初めて会ったときからマリサが欲しかったのだ。彼女を求める気持ちは、日増しに激しくなるばかりだった。

体だけでなく、マリサという存在そのものを欲していた。彼女を守りたかった。

「ぼくは謝るのに慣れてない。だが今までのいろいろなことについて、本当に申し訳ないと思ってる」

ダマソの声は、マリサのすぐ後ろから聞こえた。その低い響きを聞いて、彼女は心の防御壁が揺らぐのを感じた。

注意しなければ、ダマソに圧倒される。この何週間か、わたしは彼に近づくまいと必死に抵抗していたけれど、心の一部では降参し、抗《あらが》うのをやめて彼を信頼したいと思っていた。

肩におかれた彼の手は、がっしりとはしているが優しい。マリサは促されるままに彼のほうを向いた。じっと見詰められ、どうしようもなく胸が騒ぐ。

「きみをひとりにするべきではなかった。ただ楽しませてあげたいと思っただけなんだ」

「楽しませる？」マリサはため息をついた。「わたしは子どもじゃないわ」

これまでの評判が真実なら、マリサはパーティーで羽を伸ばしたかったはずだ。

「信じてくれ、マリサ。きみがそんな女性ではないとよくわかったから」

かすれぎみの彼の低い声を聞いて、マリサの全身に衝撃が走った。肩におかれた手が温かい。こんなにもたやすく、誘惑されてしまうなんて。今にも降参してしまいそうなのに、どうしたら抵抗できるというの？

「わたしは遊び好きな女じゃないわ」もしダマソが恋人と喧嘩《けんか》をして、代わりにわたしをベッドに連れていけると思っているのだったら困る。

「わかっている」

「口先だけよ。パーティーでは――」

「パーティーでは嫉妬のあまり、ちゃんと物事を考えられなかった」

「嫉妬ですって？」マリサは驚き、言葉を失った。

嫉妬を感じるなんて、わたしのことを気にかけている証拠じゃないかしら。そう思いつつも、ダマソの女性関係は長続きしないという定評があるのを、彼女は知っていた。女性を追いかけるのが趣味で、ひとりの女性を長く独占するのには興味がないようだと。

「あなたが嫉妬するとはとうてい思えないわ」

「そうかな？」

ダマソは口の両端を下げてしかめっ面を作り、さらに彼女に体を寄せた。そしてマリサの手を持ち上げ、自分の胸に押しつけた。

布地を通して彼の温《ぬく》もりが伝わってくると、マリサはふたり以外は何も存在しない場所へ連れていかれるような気がした。催眠術をかけられたように頭がうまく働かず、自分が弱くなった気がしてくる。

「やめて、ダマソ。さっきの恋人のところへ行けばいいじゃない」手を引き抜こうとしたが、彼は放そうとしない。鼓動が急激に速くなり、マリサは取り乱しそうになった。

「彼女とは、きみと出会う前に別れた。他の女性に興味はない」

ダマソの黒い瞳に見詰められ、マリサは息をのんだ。真実味を帯びた彼の言葉を聞いて、膝からくずおれてしまいそうだった。

「やめて！　妙な駆け引きはしないで」

彼女の顎をダマソがそっと手のひらで包みこむ。

「駆け引きなんかじゃない、マリサ。そんなのはぼくの流儀じゃない」

「いいえ、あなたはそういう人よ。何日か前、浜辺で誘惑したじゃないの」マリサの声は、普段より半オクターブも高かった。

ダマソの手が彼女の口を覆った。マリサが息をのむと、彼の香りが鼻をくすぐり、舌にまでその味が広がった。

「きみはあのとき、本気でないかぎり触らないでと言った」

ダマソは手を放したが、マリサからは離れず、指先で彼女の首をなでた。

「きみが欲しい、マリサ。どれほど欲しいか、きみにはわからないだろう」

マリサは両手をダマソの広い胸におき、押し返そうとした。だが、彼はびくともしなかった。

「嘘《うそ》をつかないで。おなかの中にあなたの子どもがいるから、わたしが欲しいだけでしょう」

マリサは信頼できる男性と出会ったことがなかった。誰もが何かをたくらんでいる。おなかの子どものためにも、冷静な気持ちを保ち、正しい決断をしなければならない。

「あなたはわたしを結婚という罠《わな》に追いこんで、丸めこみたいだけ」

ダマソの目に何か暗いものがひらめき、マリサの心臓がはねた。

彼はゆっくりと笑みを浮かべた。「きみが妊娠していると知って、たしかに興奮した」その声はかすれ、誘惑するように響いた。

ダマソは彼女を引き寄せた。興奮で硬くなった彼の体を感じ、マリサはあえいだ。

「今回は本気だ、マリサ。きみが欲しい。初めて会った瞬間から、きみが欲しかった。子どものことだけじゃない。世間がどう思おうとかまわない。きみとぼくとの問題だ」

マリサは彼を信じたかった。どれほどそう望んでいたことか。

彼女の片手を持ち上げ、ダマソは手のひらにキスをした。マリサは膝が震え、全身から力が抜けていくのを感じた。

「今夜、すべてを忘れてやり直さないか？」ふたたびダマソの声が誘惑するように低く響いた。

「どうして？　何が欲しいの？」マリサは子どもを守るため、警戒心を忘れてはいけないと自分に言い聞かせた。

「ただのダマソとマリサになりたい。簡単なことだろう」

この上なく現実的で単純、そして魅力的な提案だった。

ダマソが顔を寄せてきた瞬間、マリサはため息とともに闘うのをあきらめた。本当はとうの昔に負けていたのだ。

8

ダマソがキスしようとしたとき、マリサは胸にあふれる欲望にあおられ、自ら顔を上げた。ダマソの唇は彼女の喉元や、耳の後ろの感じやすい部分をなぞった。波のように喜びが次から次へと押し寄せ、マリサは彼に身をゆだねた。すると、ダマソは満足げにうめき、彼女を強く抱き寄せた。

何もかも満たされるような感覚。これこそマリサが必要としていたものだった。直感を信じ、ダマソは特別な男性かもしれないと期待して一夜をともにしたときでさえ、これほど親密な気持ちにはなれなかった。アンドレアスに誘惑され、裏切られて以来、マリサにとって男性に身を任せることは愚かな敗北を意味した。

しかし今、マリサはダマソの熱く貪欲なキスに我を忘れた。舌を絡ませ、熱い息を交わして、激しく求め合う。彼のキスに夢中になり、勝利感にも似た興奮が体じゅうをかけめぐった。

喜びと興奮のほかに、何かもっと強力で純粋なものが、マリサの心を満たしていた。正しいことをしているという確信があった。

これが敗北だとしても、すばらしい敗北だった。

ダマソのキスは、アンドレアスの手慣れたキスとはちがった。以前、ダマソがマリサを意のままにしようとした誘惑のキスともちがった。もっと強力で、欲望に満ち、荒々しくマリサの興奮を呼び覚ますキスだった。

マリサはダマソの大きな体に震えが走るのを感じ、さらに身を寄せた。彼の口の中に舌を差し入れると、ダマソがあえいだ。その瞬間、ふたりが発散するエネルギーで、周囲の空気が熱を帯びた。

閉じたまぶたの裏で光が躍り、闇を揺るがす雷鳴が聞こえたときも、マリサは驚かなかった。それはダマソが唇を合わせたときに放たれた情熱の力が引き起こしたかのようだった。

何か冷たくて固いものが肩に当たった。ダマソが町を一望できるガラスの壁に、マリサを押しつけたのだ。ガラスの冷たさが、かえってダマソの興奮しきった体を意識させた。なんて熱いのだろう。

その熱が欲しい、とマリサは思った。

彼女は両手でダマソの上着を脱がせようとした。行為を中断されたいらだちからか、彼は喉の奥で低くうめき声をあげたが、上着を脱ぐあいだマリサを放した。

一瞬ののち、ダマソはまたマリサの胸をつかんだ。マリサは満たされ、ため息をついた。

マリサはガラスに後頭部を押しつけ、胸を突き出すようにした。ダマソの手は最初は優しく、やがて激しさを増しながらマリサの胸を愛撫《あいぶ》した。ダマソの喉から、くぐもったつぶやきがもれる。マリサにはポルトガル語はわからなかったが、その性急な調子に、彼女の体は反応した。

マリサはダマソのシャツの襟をつかみ、上部をはだけて彼の素肌に触れた。そこに顔を押しつけ、塩辛い肌を味わいたかった。

ダマソは腕を大きく振って、自分のシャツの前を力任せにはだけた。その拍子にボタンが床に飛び散る。薄暗い室内で、袖から手を引き抜こうとしている彼の波打つような上半身の動きに、マリサは目を奪われた。

上半身をあらわにしたダマソは、マリサの手をつかみ、自分の固い胸に押しつけた。手のひらで彼の熱い肌を感じて、マリサの全身に鳥肌が立った。

「すごいわ。どうやってそんなすてきな体を手に入れたの?」マリサは嘆息した。

ダマソは緊張した面持ちでかぶりを振った。「すごいのはきみだよ。きみほど完璧な女性は見たことがない」

「わたしはそんな――」

ダマソは人差し指をマリサの唇に立てて黙らせた。

「ぼくにとっては、きみは完璧なんだよ、マリサ。きみこそ、ぼくの望む女性だ」彼の声には反論を許さないような響きがあった。

なぜ彼の言葉にこんなにも心が震えるのか、マリサにはわからなかった。

けっきょくは体の喜びにすぎない。でもダマソに見詰められ、欲しいのはマリサだけだと言われると、胸が高鳴った。彼の視線、彼の言葉が、これまで必死に隠していた、愛を切望する気持ちを刺激した。

「何も考えるな」ダマソは低い声で命じた。

ダマソは両手を上げ、マリサの髪からピンを抜いた。むき出しの肩に髪が落ち、マリサは思わず身を震わせた。

「これはぼくときみ、マリサとダマソだけの問題だ。そうだろう?」

ダマソの熱い息が彼女の顔にかかった。彼の両手が、マリサの肩から、滑らかな曲線を描く胸へと滑り落ちる。ワンピースのスイートハート・ネックラインを、指先でゆっくりとなぞられると、マリサはもはやこらえきれず、彼の手をつかんで自分の胸に押しつけた。

「イエスと言うんだ、マリサ」

乾いた唇を舌で湿す彼女を、ダマソはじっと見詰めた。

「イエス……」

ダマソとのあいだに生じた嵐のような激しい興奮を消したくない。マリサは生まれて初めて、自分が外見も中身も、すべてが美しいと感じられた。こんな気持ちにさせてくれた人は、これまでひとりもいなかった。胸が熱くなり、マリサはまばたきをしながらほほえんだ。

「マリサ」ダマソの唇がマリサの口元に触れた。

外でまた雷が鳴ったが、マリサが身を震わせたのは、ダマソの低い声にこめられた優しさのせいだった。マリサは彼に身を寄せてキスを返した。ダマソは彼女を抱きしめながら、ゆっくりと柔らかな唇を味わった。

キスだけで、マリサの膝から力が抜けた。ハイヒールを履いた足元が揺らぎ、彼女は思わずダマソにしがみついた。

ダマソが顔を離したとき、マリサはその顔に満足げな表情が浮かんでいるものと予測していた。だが実際は、ダマソの顔は自分を抑制しようとしてこわばっていた。

ダマソは何も言わずにマリサの前に膝をつき、彼女が着ているワンピースのスパンコールのついた布地の下に両手を差し入れた。彼の手が脚に触れ、布地を押し上げていくにつれて、マリサは身を震わせた。両脚を伝って、興奮も広がっていく。

ダマソはさらに布地を上げていき、やがて、マリサが新しいワンピースに合わせて選んだ青いシルクの下着があらわになった。ダマソが顔を寄せると、熱い息が肌にかかり、マリサは身をよじりたいほどの激しい興奮を覚えた。ダマソは布地をマリサの胸までめくり上げ、全身を眺めた。

彼に見られていると思うと、マリサも言いようのない興奮に襲われた。

ダマソは大きな手で、マリサの腹部をそっとなでた。彼女の胸に喜びがあふれた。

「ここにぼくたちの子どもがいる」

ダマソは目を上げ、突き刺すような視線をマリサに注いだ。彼女が言葉を探しているうちに、ダマソは顔を寄せ、何度もキスを繰り返した。そうするあいだもマリサから目を離さなかった。

わたしは大切にされている、とマリサは感じた。ダマソに見詰められ、優しく触れられて、陶然となり、自分が女性を代表する女神になったような気分だった。

そのときマリサの中で奇跡が起こり、予期しない希望が生まれた。ダマソとのあいだに、確かな関係が生まれるかもしれないという希望が。

ダマソは口元に笑みを浮かべた。目を輝かせながら、マリサのシルクの下着に手をかけ、いっきに下ろした。

下着が裂ける音がして、マリサはあえいだ。薄い布地が、足元に落ちた。「まだ新しかったのに！」

わたしがあえいだのは怒りのせいではなく、期待のせいだと、ダマソにはわかっているのかしら？

ダマソの笑みが広がった。「邪魔だったからさ」

マリサが言い返す前に、ダマソは顔を下ろしていき、彼女のもっとも敏感な部分に唇を押しつけた。たちまちマリサは身を震わせた。彼の舌先が動くや、両脚が痙攣《けいれん》するように震える。

「ダマソ！」マリサは指でダマソの髪をつかんだものの、彼を引き離したいのか、そのまま引き寄せておきたいのか、わからなかった。マリサの胸の中でも嵐が吹き荒れ、稲妻が走り、彼女はついにすすり泣きながらくずおれた。ダマソに抱きしめられ、興奮の絶頂で何度も全身を痙攣させる。

マリサはぼんやりと、頬が濡《ぬ》れているのを感じた。大きなエネルギーに打ち砕かれて、喜びに酔いしれていた。「こんなことって……」こんなにも深く感じたものを、どう説明していいかわからない。

「いいんだ。ぼくが守ってあげるから」

ダマソの言うとおりだった。朦朧《もうろう》とした意識の中で彼に守られていると感じ、マリサは両手で彼にしがみついた。

彼女の体が柔らかなクッションに沈みこむと、ダマソは身を離した。

「いや、離れないで」マリサは彼のがっしりとした肩に手をかけ、引きとめようとした。

「きみを押しつぶしてはいけないと思ったんだ」

マリサは目を開けようとしたが、精根尽きて、まぶたを開く力さえなかった。「あなたが必要なの」

一瞬、沈黙が落ちたあと、マリサは軽々と抱き上げられ、気づいたときにはダマソの上にのっていた。彼の体は力強く、エネルギーに満ちていた。

マリサが脚の位置を変えると、ダマソがびくっとしたのがわかった。「ごめんなさい」

「大丈夫、リラックスして」

こんなふうに扱われるのは初めてだわ、とマリサは胸の内でつぶやいた。ダマソは自分の興奮よりも、わたしを優先してくれている。

やがてマリサの疲労感が和らいだ。目を開けると、眼前にダマソの肩や引き締まった上半身が見えた。彼そのものと海の香りがする肌を舌先で味わう。

「やめるんだ」

「どうして？」マリサは手を下に伸ばし、彼のズボンのふくらみを覆った。ダマソは喉の奥からかすれた声をあげたが、それは抗議のようでもあり、喜びのようでもあった。

「きみはまだ準備ができていない」

マリサがもう一度ダマソのふくらみをなでると、彼は手を拳に握った。マリサはほほえんだ。

「その判断はわたしがするわ」

マリサは思わせぶりに身を寄せ、ダマソの胸にキスをした。

一瞬ののち、マリサはソファに仰向けになり、ダマソの大きな体に組み敷かれていた。彼は片手でベルトをはずし、ファスナーを下ろした。もう一方の手で、マリサの手をつかんだ。そして唇でマリサの口をふさぎ、むさぼるようなキスをした。

ダマソの舌の絶妙な動きに、マリサは興奮をあおられた。彼女もまた、欲望の命じるままに彼を求めた。

マリサはダマソに、すべてを満たしてほしかった。彼女の体の中心にはまだ、彼にしか満たせないうつろな部分が残っていた。

ダマソは体を離し、最後まで残っていた衣類をはぎとり、靴を脱ぎ捨てた。

青銅色に輝くダマソの力強い体を見て、マリサは興奮に全身を震わせた。彼はマリサの脚を開いてそのあいだに身を置き、体の両脇に腕をついて輝く目で彼女を見詰めた。

マリサが求めてやまない部分にダマソが滑らかな動きでゆっくり分け入ろうとすると、彼女はため息をついた。そして彼の動きのひとつひとつを楽しむように、急ぐことなく、ゆっくりと確実に迎え入れていった。

ついさっき喜びに満たされたと思ったのに、早くもそれ以上を求める気持ちになっている自分に驚いた。マリサはダマソをせかそうと口を開きかけたが、彼の顔を見て言葉をのみこんだ。ダマソの眉はゆがみ、額に汗を浮かべて歯を食いしばっている。首と腕ははじけんばかりに張り詰めていた。

ダマソもまた追い詰められているのだ。

「わたしは壊れたりしないから」

彼は目を見開いたが、こちらが見えているのかどうかも定かでない。マリサは両手で彼を引き寄せようとしたが、抵抗された。

ダマソの目の焦点がようやく合った。彼に見詰められ、マリサの鼓動が大きくなる。

「子どもが心配なんだ」ダマソはゆっくりとかぶりを振った。

マリサはまばたきをした。温かい思いが胸にあふれた。最初、マリサは妊娠に戸惑ったが、今ではっきりとわかっている。この子を守るためならなんでもする、と。ダマソも同じなのだ。それは本能と言ってもいい、マリサが予想もしなかった深い結びつきだった。

まだ生まれていない子どもを、ダマソは本気で気にかけている。マリサの胸に何かが芽生え、心臓が早鐘を打ちだした。ダマソはあなたのものよ――そんな声がどこからともなく聞こえた。

「子どもなら大丈夫よ」マリサはささやいた。

「どうしてわかる?」

女ならではの直感だと言っても、ダマソは納得しないだろう。マリサはもっと確実な理由を探した。

「お医者さまがそう言っていたわ」

「だが……」ダマソは渋った。

貴重なものを守ろうとする彼を、マリサはとがめることができなかった。

「今、あなたが欲しいの」マリサはささやき、彼の耳や首筋にキスをした。するとダマソは激しく身を震わせ、びくっと腰を動かした。

「マリサ……」

ダマソは諭すように言ったが、マリサが両脚を彼の腰にまわすと、彼の口からうめき声がもれた。一瞬、ダマソは身をこわばらせたものの、こらえきれずに彼女を深く満たした。そして規則正しいリズムで激しく動きはじめた。

マリサは彼にしがみつき、興奮に身を任せた。ダマソと愛を交わすのは、すばらしい体験だった。深い結びつきに圧倒され、彼を抱きしめる。やがてリズムが乱れたかと思うと、ダマソは彼女の胸にキスをした。その直後、ふたりは同時にクライマックスを迎え、めくるめく世界へと運ばれていった。

9

嵐が過ぎ、一定のリズムで雨の降る音が眠気を誘う。だが、ダマソは眠れなかった。

マリサのそばにいると抑えがきかなくなる。昨夜、彼女を腕に抱いて入ったゲスト用の寝室がこんなにも乱れているのが、何よりの証拠だった。

居間でふたり同時にクライマックスを迎えたのち、ダマソはもう彼女に触れまいと思った。彼女の中に身を沈めたい欲求を抑えるつもりだった。だが、マリサにせがまれると自制できなくなった。

マリサと医師の言うとおりであればいいが。理屈では、セックスは赤ん坊に害を及ぼさないとわかっていたが、それでも心配だった。

ダマソは暗い天井を見上げた。マリサと会うまでは、意志の強い男だったはずなのに。

もちろん、ダマソはマリサが欲しかった。彼女を自分に結びつけておくのに、セックス以上によい方法はない。結婚するのが最善だと納得させるためなら、どんな手段もいとわなかった。

だが望みどおりの場所に彼女を得た今、物事は思ったほど単純ではないとわかった。今夜のセックスは、これまでのセックスとはまったくちがう。

ダマソは自分をコントロールできなくなっていた。それどころか、制御不能になることのすばらしさを味わっていた。

マリサは粉々に砕け散るとき、そのか弱さが彼女の心の内に潜む何かを、彼にはどうしようもない何かをかいま見せた。クライマックスを迎えるたび、ダマソはマリサの中に彼自身の一部をそぎ落としていくような気がした。

ダマソは身じろぎをした。ぼくは何をばかなことを考えているんだ？

「ダマソ？」マリサの眠そうな声は甘い蜂蜜のようだった。

ダマソは二十二歳のときのことを思い出した。スラム街で育った男が過去を捨て、冷酷なまでの決意をもって実業界に身を投じたころだった。迅速な駆け引き、利益の上げ方、女性の喜ばせ方、おおかたの人間よりも安全で賢明に身を守る方法。あらゆることを承知しているつもりだった。

あるときホテルで、朝食を兼ねた会合に出席した。あまり下品に食べないよう注意しながら話を進めた。だが蜂蜜をたっぷりつけたパンを口に入れたとき、愕然《がくぜん》とした。

多くの者にとっては当たり前の食べ物かもしれないが、蜂蜜には、ダマソを貧しい過去に引き戻す力があった。蜂蜜が手の届かない贅沢《ぜいたく》品だった時代に。

「ダマソ？　どうかしたの？」マリサが彼の胸に手をおいた。

ダマソははっと我に返った。「なんでもない。疲れただろう。寝たほうがいい」

胸の上のマリサの手が腹部へと動き、ダマソは息をのんだ。

「わたしを抱いてくれる？」

彼女の声は遠慮がちで、何度も彼に反抗してきた強気な女性と同一人物とは思えなかった。

マリサもまた、過去につきまとわれているのだろうか？　ぼくは彼女のことをほとんど知らない。ダマソは黙ってマリサを抱き寄せ、彼女の頭を自分の胸にあずけさせ、それからシーツをふたりの体にかけた。

マリサを抱いていると、驚くほどの満足感が胸にあふれた。彼女は柔らかく穏やかで、ダマソの体にしっくりとなじんだ。

「パーティーで、きみをひとりにするべきじゃなかった」裸で抱き合い、ダマソは改めて彼女の小ささを実感した。

「それは、さっきも言ったわ」マリサは顔をダマソの胸につけたまま言った。

そうだった。間違いを引きずるのは、ぼくらしくない。それでもダマソは、いまだに罪悪感を拭えなかった。「本当に悪かった。きみは……」

「忘れて、ダマソ。なんとかなったんだから」

ダマソは、なんとかする必要などなかったのだと言いたかったが、口をつぐんだ。

「人前で言い争いをしたりして悪かったわ。みんなの好奇心をあおるだけなのに」マリサの息がダマソの肌に温かくかかった。

マリサから謝罪の言葉を聞くとは。もしかしたら、ふたりの関係は進歩しているのかもしれない。「謝らないでくれ。ぼくがわかっていなかったんだ」

「しようがないわ。みんな、ゴシップ紙に書いてあるとおりだと思っているんだから」マリサの声には隠しようのない苦々しさがにじみ出ていた。

この話は持ち出すんじゃなかった、とダマソは悔やんだ。だが、この件に関しては負い目があった。

「マスコミは間違っている」

「その話はしたくない」

マリサは離れようとするかのように身じろぎしたが、ダマソは腕に力をこめ、彼女をしっかり抱いた。

「ぼくは、マスコミが間違っていると知っている」

「やめて。わかるふりなんかしなくていいのよ」

闇の中で、ダマソはマリサの青ざめた顔を見やった。彼女の声は不自然に大きく、胸が痛んだ。

「細かいことは知らない。それはきみだけが知ってる。けれどぼくは、きみがマスコミが書き立てたような女性ではないと知っている」

ダマソはどこまで言っていいものかうかがうように、いったん言葉を切った。マリサのこわばった体に震えが走るのを感じ、彼は続けた。

「最初は記事をそのまま信じた。だが一緒に過ごすうちに、しだいにきみが別人に思えてきて、きみのことをもっと知りたくなった」

ダマソはマリサの肩をなでた。今の言葉は本当だった。彼女に興味を持っていた。それ以上に、拒否されたときでさえ、マリサのことが好きだった。

「話してくれないか?」ダマソはささやいた。

「どうして話さなくてはいけないの?」マリサは警戒するようにきき返した。

「つらいだろう。話をすれば、少しは楽になるかもしれない」

ダマソは自分の言葉に驚いていた。それほどまでマリサの力になりたいと思っているとは。

いつからぼくは、人のためになりたいと思うようになったんだ? ぼくは一匹狼《おおかみ》で、ひとりの女性と長くつき合うことはなかった。感情を引きずることも。なのに今、助けになりたいとマリサに申し出ている。注意しないと、この女性に人生を変えられてしまう。

すでにダマソは、当然だと思っていた多くのことを、マリサにくつがえされていた。

「あなたは、そんなに聞き上手なの？」マリサはわざと軽い口調で言ったが、傷ついた心を隠せてはいなかった。

「それはどうかな。試してみたらどうだ？」

ダマソはマリサの顔にかかる髪を後ろになでつけ、じっと待った。やがて彼女が話しはじめたとき、その内容にダマソは驚いた。

「最初にマスコミに追いかけられたのは、十五歳のときだったわ」

マリサの声はしっかりしていたが、うまく呼吸ができないかのように苦しげだった。ダマソは、鼓動が乱れないよう注意した。

「もちろん、その前から注目はされていた。ほんの十歳で孤児となった、かわいそうな王子さまと王女さまは、どこへ行っても大騒ぎされたわ。だからといって、わたしたちのことを本気で心配してくれる人はいなかった」マリサの言葉には苦々しさがにじみ出ていた。

ダマソは黙って聞いていた。前の摂政であり、現在の国王であるシリルとマリサの関係が悪いのはわかっていたが、あえて質問をはさまなかった。

マリサは深く息を吸ってから続けた。「何年かは落ち着いていた。ステファンもわたしも、マスコミに慣れたわ。でも十五歳のとき体操のナショナル・チームの選考試験を受けたのを機に、また騒がれるようになったの。わたしが〝普通の子〟たちと競い合うのが目新しかったんでしょうね。それに……」

ダマソは待った。

「誰かが、わたしがとんでもない女だという話をマスコミに売ったの。毎晩パーティーで男たちと遊び歩いて、昼間は選手たちの中で好き勝手に振る舞うお天気屋だと」

「そんな作り話を流したのは誰なんだ？」

マリサは顔を上げた。暗闇の中でも、彼女がダマソの顔をうかがっているのがわかった。

「作り話だと信じてくれるの？」

「もちろんだ」

マリサが嘘《うそ》をつくとは、ダマソには思えなかった。感情を抑えながら全身をこわばらせている様子からしても、彼女の話は真実だとわかった。

「選考試験を受ける身で男と遊ぶなんて、まずありえない。それにきみはお天気屋ではない」

場合によっては冷たい態度を取ることがあっても、マリサはツアーの参加者全員に分け隔てなく接していた。島で過ごしていたあいだ、使用人に対しても親切な態度だった。

マリサはダマソの胸の上の手を握りしめ、そこに顎をのせて彼を見た。

「なんだい？」ダマソは彼女の視線が肌に食いこんでくるように感じた。

「ステファンとコーチを除けば、わたしの話を信じてくれたのはあなたが初めてよ」そっけない言い方だったが、そこには多くの感情がにじんでいた。

そんなに若くして世間から中傷されるのは、どんな気持ちだろう。だが少なくとも、彼女にはステファンがいた。

「国の渉外担当者たちが助けてくれたんじゃないのか？」

マリサは体をまわして彼の隣に横たわった。その顔は陰になって見えない。

「そう思うでしょう？」

ダマソは好奇心をそそられ、続きを待った。

「実際は、まったく役に立たなかったわ。叔父は、わたしが体操をするのに反対だったの。はしたない、王室に似合わないことだと思っていたのよ。レオタード姿で汗にまみれて動くのを、テレビで放送されるなんて。それも、一般の人たちと競うというんだから」

「国のスタッフにきみを助けるのを禁じたのか?」ダマソは眉をひそめた。

「わからない」マリサは肩をすくめた。「けっきょく体操競技委員会が、わたしをチームに入れておくのは逆効果だと判断したの。マスコミの注目は、チームの全員に影響を与えた。十六歳になってから一週間後に、わたしはチームからはずされたわ」

今すぐマリサを抱きしめたかったが、ダマソはその衝動を必死にこらえた。感情を抑えたマリサの口調がすべてを物語っていた。ダマソはどうしようもなく胸を締めつけられた。

「叔父上にとっては好都合だったんだな」シリルはマリサに関する否定的なマスコミの記事を、自分に都合のいいように利用したのかもしれない。

「ステファンもそう言ったわ。でも、いくら疑わしくても、証明はできなかった」マリサは苦々しく言った。

ダマソは暗闇を見詰めながら、考えをめぐらせた。マリサは現国王のシリルを嫌っている。電話で話すだけでも疲れ果てていた姿を、ダマソは覚えていた。あれほど恨むには、何か理由があるはずだ。マリサの叔父がマスコミに悪い話を流す――そんなことがありうるだろうか?

「今さら考えても、しかたのないことだわ。根拠があるかどうかにかかわらず、悪い評判は独り歩きするものよ。なんでもない写真に、思わせぶりな説明がついただけで、まったくちがって見える。どんなに努力しても、不都合なものはついてまわるの」マリサはダマソに身を寄せて言った。

「どう転んでも勝ち目はないわけだ」

突然マリサはダマソから離れて起き上がり、彼に背を向けた。腕の下にシーツをはさみ、顔にかかっていた髪を後ろに払った。

「それでもなんとかやってきたわ。遊び好きという評判のせいで、気に入らないしきたりから逃れることもできた。悪評を楽しむコツを覚えたら、そんなに悪いことでもなくなったわ。面白いパーティーに招待されることもあったし」マリサはあくまでも軽い口調で話した。

ダマソは肘をつき、闇の中でマリサの横顔をうかがった。どうやら彼女も、人に秘密を打ち明けることに慣れていないらしい。まったくちがう環境で育ったふたりだったが、自立心旺盛なところは共通していた。

話の核心に近づきすぎたのだろうか？　そろそろ潮時かもしれない。マリサはこれ以上穿鑿《せんさく》されたくないのだろう。

残念だった。ダマソはマリサのすべてを知りたかった。彼女のもろさを知った今、強く心を引かれていた。

「いつか、働きたかったのにマスコミのせいでだめになったと言っていただろう」

マリサは身をこわばらせた。「どっちにしても、うまくいかなかったのよ。わたしは資格も、特別な技術も持っていないから」顎を突き出すようにして言う。

ダマソはそれを見て、初めて一夜をともにしたとき、別れ際に彼女が魅惑的な誘惑者から高慢な王女に変わったときのことを思い出した。今では、それが彼女ならではの自己防衛の手段だとわかっている。

マリサは話を続けた。「膝を曲げて完璧なお辞儀ができたり、お年寄りの貴族と世間話をして、人前でにこやかな表情を繕えたりするくらいでは、雇ってくれる人はいないわ」

「他人に何か言われる前に、自分から働けない口実を見つけたわけだ」

彼の言葉にマリサは反応した。髪を肩口で振るようにして、ぱっと顔をダマソのほうに向けた。

「事実を言っているだけよ、ダマソ。わたしは現実主義者なの」

「ぼくもだ」

マリサが耐えてきたことを思って、ダマソの胸に何か荒々しい思いが怒りとともに渦巻いた。マリサは不当な評価を受けて虐げられてきた。彼女の叔父やマスコミ関係者をつかまえて、首を絞め上げて謝罪させたいと思った。マリサを思いきり抱きしめ、悲しみが消えるまで慰めたかった。

「もう、この話はやめましょう」

だがダマソはまだ引き下がれなかった。

「きみは、世間の評判に調子を合わせてきた。だがぼくはもう、きみが世間の思っているような遊び好きの女性じゃないことを知っている」

「ドラッグの常習や、ギャンブル好きっていう噂《うわさ》も忘れないで」

暗い部屋の中でも、ダマソは彼女がさらに顎を高く上げるのを見逃さなかった。

どうしてマリサは、わざわざその話を持ち出したのだろう？　ぼくに本心を打ち明けるより、ひどい評判について話すほうが気が楽だとでも？

「実際はどうなんだ？　コカインを吸ったり、ギャンブルでひと財産すったりしたことがあるのか？」

「二カ月半前、王宮の近くのヘアピン・カーブでスピード違反をして、運転免許を停止されたわ」

二カ月半前。「お兄さんが亡くなったあとか？」

「ステファンには関係ないわ」マリサはベッドから脚を下ろしたが、ダマソに腕をつかまれた。「放したちまちダマソは体の奥が熱くなった。「証明してごらん」

一瞬ためらったあとで、マリサは彼を押し倒した。長い髪がダマソの肌をくすぐる。彼女はたくましい胸に舌先を這《は》わせはじめた。

だが、どこかおかしい。ダマソは彼女が緊張しているのを感じた。

自分がしようとしたことが信じられず、ダマソはうめき声とともにマリサを押しのけ、体勢を入れ替えて彼女の上になった。マリサの目は不自然なほどに輝き、口元はゆがんでいた。

「自分からしたいと思わないかぎり、今みたいなことはするな」一方的に彼女に愛撫《あいぶ》させようとしたことへの悔いが、ダマソの胸に苦く残っていた。

ダマソは彼女の口の端に、鼻の近くに、さらには頬にキスをして、そのまま首筋まで唇を滑らせた。喉のあたりで、彼女の鼓動が速くなっているのを感じて。もう充分だと言ったでしょう」

ダマソは一瞬、汚れた手で王女さまに触れようとしたスラム街の子どもみたいな気分になった。腕をつかむ手から力が抜ける。

「ドラッグの常習者にしては、きみは健康すぎる。ぼくはさんざん常習者を見てきたから、わかるんだ。それにギャンブルは……ここに来てからいくらでもチャンスはあったのに、興味を示さなかった。これできみに関する悪い噂は、男だけになったな」

「あなたが初めてだったわけじゃないわ」

「じゃあ、今まで何人とつき合ったんだ？」

マリサはダマソの手をふりほどこうとしたが、彼は断固としてそれを阻んだ。四秒、五秒、六秒……マリサは彼を見詰めた。それから彼女はダマソのほうに体を向け、思わせぶりなしぐさで彼の腿をなでた。

「大勢よ」マリサは鼻にかかるささやき声で言った。

じた。マリサはぼくを求めている。

ダマソはマリサの胸にキスをしながら、片手を彼女の脚のあいだに差し入れた。マリサはため息をつき、腰を揺らした。その動きに応えてさらに愛撫を加える。

「何人だ、マリサ?」

マリサが身をこわばらせた。闇の中に息をのむ音が響く。

ダマソはマリサの胸にキスをしながら、彼女のいちばん敏感な部分に指で触れた。すると、マリサは彼の髪をつかんで引き寄せた。

彼は手を止め、繰り返したずねた。「何人だ?」

「あなたっていやな人ね」

「よく言われるよ」ダマソはマリサの胸の先を優しく噛《か》んで、彼女が上体を反らすさまを眺めた。「何人だ?」

そこで故意にダマソは手を離した。それでもマリサは負けを認めなかった。

十分ものあいだ甘い駆け引きがあり、とうとうマリサは根負けした。そのころには、ダマソも自制できなくなりつつあった。

「ふたりよ」マリサは身をよじりながら白状した。

「ふたり?」ダマソは自分の耳を疑った。ぼくの前に、たったふたりしかいなかったのか?

「まあ……ひとり半ね」マリサはダマソを導いて、その顔を自分の脚のあいだにうずめさせた。

「半とは、どういう意味だ?」ダマソはうめくようにたずねた。彼のほうも、耐えるのが苦しくなってきていた。

マリサが目を開けた。その瞬間、暗闇の中でありながら、ダマソは彼女の目に苦しげな表情を見て取った気がした。

「最初の相手は、友だちに自慢するためにわたしを誘惑したの。それでわたしは男性不信に陥り、二番めの人とはうまくできなかったのよ」

ダマソはさっと体勢を整え、しなやかな動きでマリサとひとつになった。「つまり、ここまではできなかったのか？」

「そうよ」

「だがぼくとなら……かまわないのか？」

マリサはゆっくりとほほえんだ。それを見て、ダマソは締めつけられていた胸が楽になっていくのを感じた。

「かまわないわ。むしろ……けっこう楽しいかも」

けっこう楽しいだって！　なんて挑戦的な言葉だろう。ダマソは今すぐに、〝けっこう楽しい〟どころではない思いをマリサに味わわせてやろうと固く決意した。

そしてその決意を実行し、マリサはぐったりと体を投げ出して横たわった。彼女の呼吸は深く、落ち着いている。もし夢を見ているのなら、それは悲しい過去ではなく楽しい夢であってほしいと、ダマソは願った。

まだ話の半分しか聞いていなかったが、もう充分だった。最初の恋人にだまされ、裏切られて、保護してくれるはずの叔父に疎まれ、マスコミに叩《たた》かれて……マリサに味方はいたのだろうか？

双子の兄のステファンは何カ月か前に亡くなってしまった。

危険な崖をのぼるときのマリサの様子をダマソは覚えていた。まったく表情を変えずに危険を冒す姿は、見ていて恐ろしかった。あのとき、彼女は悲しみに突き動かされていたのだろうか。悲しみが、彼女をぼくの腕の中に飛びこませたのか？

ダマソは息をのみ、眼下に広がる町並みに、夜明けの光が差しこむ光景を眺めた。

マリサは彼の前に、深い関係になった男がひとりしかいなかった。たったひとり！

裏切った男のことを話したとき、マリサの声には悲しみがにじんでいた。ダマソはその男を殴ってやりたかった。

彼女の〝世間がどう思おうとかまわない〟という態度が、ダマソの目には魅力的に映った。彼の考え方と合っていた。

ところが、じつは彼女には表向きの顔があり、どこまでが世間向けで、どこからが本当の彼女かわからなかった。ひとつだけ確かなのは――傲慢そうで無頓着な態度の下には、繊細で傷つきやすい女性がいるということだ。

マリサが身じろぎをした。ダマソはこらえきれないほどの渇望を感じ、ふたたび彼女が欲しくなった。もしマリサが最初に思っていたような女性だったら、ためらうことなく彼女を起こしていただろう。

だがマリサは、もろさと強さの入り混じった女性だった。ダマソは、そんな女性が求めるような男にはなれない気がした。彼は心の痛みに対処するすべを知らなかった。多くのトラウマを抱え、衝撃的な体験をしてきたせいで、マリサと会うまでは感情を否定して生きてきた。彼女が必要としているものをどう与えたらいいのか、見当もつかなかった。

ダマソは自分が気のきかない無器用な男になった気がした。彼女を妊娠させたことで、彼女の心の平穏を打ち砕いてしまったのではないか？

善良な男なら、それを後悔するかもしれない。善良な男なら、彼女を支えつつ自由に生きさせるかもしれない。

だがぼくは、けっして善良な男ではない。自分のやり方を通すのが当たり前で、生き残るのに必死になり、そして成功をおさめてきた。

妊娠したマリサを手放すつもりはない。自分の子どもが欲しい。マリサが欲しい。

だが、ぼくは何をした？　マリサを誘惑し、性的な経験が豊富なことを利用して彼女の心を開かせ、秘密を聞き出した。彼女の人生に強引に入りこんで、自分の人生の一部になるよう仕向けた。

もし善良な男なら……。

いや、ぼくは善良な男になどなれない。なんとしても勝ちにこだわる、手に負えない男だ。

ダマソにできる唯一の譲歩は、マリサに優しく接して、彼と歩む新しい人生に慣れるための時間と余裕を与えることだけだった。

マリサを守り、彼女が自らの意志でぼくのそばにいたいと思うようになるまで、ぼくに必要とされているものがなんなのか学ばなければならない。

たとえそれが、マリサと一定の距離をおくことであったとしても。

10

「お考えいただかなければ、王女さま！」

マリサはクッションにもたれ、片方の眉を上げた。沈黙が相手のいらだちをあおることを、よく承知していた。

「世間の目があります。なんと言われるかわかりません。国王の戴冠式には出席してください」ベンガリアの大使は言った。

「そんなことは、憲法には書いていなかったわ」憲法のことならよく知っていた。子どものころから無理に読まされて、王室の義務を叩《たた》きこまれた。

マリサは気だるげに脚を組み変えた。大使の視線は、マリサの派手なサンダルからリネン地のパンツへ、さらに先週市場で買ったばかりの緑色と黄色のトロピカルな柄のシャツへと移動した。

大使は眉をひそめた。

マリサはカジュアルな服装を好み、ベンガリアの王女に求められる落ち着いたフォーマル・ウエアは嫌いだった。今ベンガリアにいるわけではないし、今後帰るつもりもなかった。

大使は気取った口調で言った。「よろしいですか、王女さま。あなたには国だけでなく、叔父上に対する恩義があります。叔父上はあなたのために多大な犠牲を払い、あなたをお育てになりました」

「そのせいで、こんな女になったのよ。叔父とはたいして仲がよくなかった。あちらも、わたしに会わなくても寂しくないはずよ」マリサは大使が理解したかどうか、反応をうかがった。彼は眉をひそめただけだった。

「そのような、非協力的な態度では困ります」大使は言った。これでマリサを説得できると思っているのなら、考えが甘すぎる。

「協力的な態度をとれるはずないでしょう。たしか何カ月か前に、できるだけ早く国から離れてほしいと言われた気がするんだけれど？」

マリサがほんの少し身を乗り出して言うと、大使はほのかに顔を赤らめた。

マリサは立ち上がった。「とにかく、わざわざ来てくれてありがとう。用事があるので、これで失礼するわ」

「お待ちください」大使は息をのんだ。喉仏が大きく上下する。

マリサは大使を気の毒に思った。だがこの大使はなんでもシリルの言いなりで、さんざん不愉快なことを仕掛けては、ステファンとマリサを悩ませた男だった。

「つまり、赤ん坊のことですが」大使は急に息苦しくなったかのように、ネクタイの結び目をいじった。

「赤ん坊?」マリサは、冷ややかなまなざしを大使に注いだ。

「あなたの赤ん坊です」

マリサは何も言わなかった。シリルのよこした使者に妊娠の話をするつもりはなかった。

「シリル王のお望みは……つまり、国王はすでに手配をしておられます」

なんの手配かしら? 子どもを養子にするとか? それとも、無理やり中絶させるつもり? マリサはぞっとした。

心の奥底で、マリサは自分がよい母親になるための資質に欠けているのではないかと恐れていた。だがどんな不安があろうとも、子どもに対して、シリルに手出しはさせないと心に決めていた。

「相変わらず、叔父さまは用意周到なのね。どんなことを考えておいでなのかしら」マリサは恐怖を抑えながらたずねた。

大使は身じろぎし、咳払《せきばら》いをしてからようやく切りだした。「国王は寛大にも、あなたの赤ん坊が合法的な存在になり、評判を落とさずにすむよう、王室どうしの縁組をお考えです。今、ある方と……」

マリサは手を振り上げ、大使の口をつぐませた。彼の言葉を理解するにつれて気分がふさがり、口を開くまでにたっぷり一分を要した。

「他の男の子どもを身ごもっていても大目に見るような寛大な人がいるわけね。その代わり、特別な地位でも要求するの? あるいは、お金が目当てかしら? いいえ、聞きたくないわ」マリサは口元をゆがめて、小声で言った。

シリルは王室の評判を落とす危険な事態を、未然に防ぎたいにちがいない。それとも、肯定的なニュースで否定的な出来事を中和しようという魂胆だろうか。王室の一員の結婚と妊娠ほど、世間の評判を抑変えるのに有効なニュースはない。

でも、わたしの子どもを利用させるわけにはいかない！　マリサは子どもを王室の手先にするつもりは毛頭なかった。

子どもには、マリサが持てなかったものを与えると決めていた。愛にあふれた環境を。ダマソとの結婚でそれがかなうの？　彼はわたしを愛しているわけではないけれど、子どものことは間違いなく愛している。

マリサはゆっくりと息をつき、力をふりしぼった。ひどく動揺していたが、けっしてそれを表に見せてはならない。

「叔父さまのお気遣いはありがたいわ。でも今後は、自分のことは自分でします。ごきげんよう」

マリサは急いで部屋を出た。背後で大使の声がしたが、耳の奥で響く鼓動の音でかき消された。早くバスルームに行かなければ……。


「大丈夫ですか？」

ダマソの執事兼ボディガードのエルネストが、声をかけてきた。外出時に必ずマリサに付き添う男性だ。彼女は初めて、大柄で屈強な体つきのボディガードに感謝した。

「大使をこのペントハウスから、ちゃんと送り出してさしあげて」マリサは吐き気をこらえて言うと、手で口元を押さえた。

エルネストは心配そうにマリサを見たが、すぐに身をひるがえした。

「ぜったいに戻ってこさせないで」マリサはあえぎながら言った。

「今後、彼が王女さまにお会いすることは二度とないように計らいます」

エルネストがよく響く低い声で、滑稽なまでに丁寧に請け合うのを聞きながら、マリサはバスルームに駆けこんだ。

バスルームから出ると、エルネストがトレイを持って現れた。

「ありがとう、でもおなかはすいていないわ」

「気分が悪かったときは、体の中の水分を入れ替える必要があります。ミント・ティーを飲めば、よくなりますよ」

マリサが見詰めていると、エルネストは肩をすくめてトレイをテーブルにおいた。「ベアトリスがそう言っていました」

ボディガードも家政婦も、マリサの体を心配してくれている。マリサはそれをうるさいとは感じず、むしろ慰められていた。島の使用人同様、エルネストとベアトリスは、今までマリサが知っていた使用人とはちがう。心から雇い主のことを思い、その延長線上でマリサのことも気遣ってくれる。

マリサは、人に気遣われることに慣れていなかった。ステファンとのあいだにはけっして切れない絆《きずな》があったけれど、それぞれの責任を果たすので手いっぱいだった。

ダマソはレストランやパーティーに出かける際、必ず同行し、けっして彼女から離れようとしない。そして夜になれば、優しい誘惑のとりこになってしまう。

たしかにダマソは気にかけてくれている。でも彼が大事に思っているのはマリサと子どものどちらなのか、わからなかった。

わたしはダマソに秘密を告白した。彼は理解してくれたようだ。それでも……。

マリサはずっと、ある疑惑に悩まされていた。ダマソに心を開き、すっかり自分をさらけ出したことで、かつてないほど満たされた気持ちになった。ステファンの死の悲しみさえ、少し和らいだような気がした。

翌朝起きたとき、マリサは新たな希望を感じていた。ところが、ダマソは仕事に出かけたあとだった。

わたしは何を期待していたの？　ダマソがずっとそばにいて、彼自身も秘密を打ち明けてくれるとでも思っていたの？

マリサはそこまで世間知らずではなかった。それでも、何かを期待していた。ふたりのあいだの障壁がなくなるような何かを。だがダマソは、前よりも遠くに行ってしまったように思えた。

ベッドでは優しいし、外出するときも気遣ってくれる。昨夜も有名人ばかりが集まるパーティーで、彼はマリサを独占するようにエスコートした。そのときのことを思い出し、マリサは口元をゆがめた。彼女よりも子どもを守ろうとしているような気がしてならなかった。

マリサはダマソに、体だけでなく心も求めてほしかった。

なぜそんなことを考えるのだろう？　マリサは今まで、ふたりの人を愛した。母と兄だ。そしてふたりとも亡くし、心を打ち砕かれた。誰かを愛するというのは危険な行為だ。

「マリサさま？」

エルネストが大きな手で磁器のカップを差し出した。

堂々巡りの物思いから覚め、マリサはカップを受け取った。ベアトリスが用意したペストリーを食べる気にはなれなかったが、ブラジル風のミント・ティーはおいしく飲めた。カップに顔を寄せて香りを嗅ぐと、体の緊張が少し和らいだ気がした。

「お茶を飲んだら出かけるわ」マリサは気持ちが落ち着かず、屋内にいたくなかった。

エルネストはうなずいた。「ヘリコプターですか、それとも車で？」

マリサは徒歩で出かけると言いたかった。にぎやかな町の中を何ブロックも歩いて、大使がかきたてた恐怖を忘れたかった。

シリルの陰謀は問題ではない。いかにシリルでも、無理やり政略結婚をさせるわけにはいかないはずだ。それよりもマリサは、将来や子どものための計画をまったく立てずに何週間も過ごしてしまったことに焦りを感じた。早く住まいを決めなければならない。

ダマソの島が頭の中に浮かび、浅瀬で黒髪の幼児が水遊びをしているところを想像して、思わず顔がほころぶ。

マリサは目をしばたたいてお茶を飲んだ。たぶん、体を動かせば気分も変わるだろう。

「今日は、ダマソはどこにいるの?」

マリサは頻繁に彼のことを考えるようになっていた。ダマソのほうは、彼女を放っておくことが多いのにもかかわらず。もっとも、始終近くにいて結婚を迫られるよりはましかもしれない。

「町にいらっしゃいました」

「オフィスにいるの?」

ある晩、パーティーに行く途中で、ダマソがオフィスのあるビルを教えてくれた。

「いいえ、ちがいます」

そっけない答えが、マリサは気になった。

「彼に会いたいわ」マリサは繊細なカップの縁ごしに、エルネストが一瞬大きく目を見開いたのを見た。

「それはどうかと思いますが」

「どうして?」ダマソはわたしの知らないところで、何をしているのだろう? 彼は自分のことはけっして話そうとしない。

エルネストは一瞬ためらった。「ファベーラにいらっしゃいます」

「ファベーラ?」

「貧しい地区です。はっきり言えば……」エルネストは言いよどんだ。「スラム街です」

まったく予期していなかった答えに、マリサは眉をひそめた。

「そこへ連れていってちょうだい」

「あまりいい考えとは思えませんが」

轍《わだち》のついた泥道を歩きながら、マリサは同情するようにエルネストを見てほほえんだが、引き返そうとはしなかった。ぜひダマソに会い、彼が何をしているのか知りたかった。

道路の両脇には乱雑に建物が立ち並び、しっかりした造りで明るい色に塗られているものもあれば、手当たりしだいに資材で継ぎはぎされたようなものもあった。あたりには、スパイスのきいた料理や、さほどおいしそうではないにおいが立ちこめていた。

マリサは平然と歩を進めた。下水道の整っていない場所をおとずれるのは、初めてではなかった。

サフラン色に塗られた建物に近づくと、エルネストが連れてきたボディガードたちがまわりに散った。エルネストはマリサに、ついてくるようにと合図した。

中に入ると、ダマソの姿が見えた。彼は何人かの男性たちと一緒に、古びた金属製のテーブルについていた。全員がコーヒーを飲みながら、熱心に話し合っている。ダマソは年配の男性の話に聞き入っていたかと思うと、考えこむように椅子の背にもたれた。ジーンズにシャツというカジュアルな服装でも、その場でいちばん目立っていた。

ダマソはマリサに気づいていない。彼女はドアを入ったばかりのところに立ち、目がその場に慣れるのを待った。

その建物は洞穴のようだった。男性たちの向こうにはバスケットボールの屋内コートがあり、痩せた十代の若者たちが試合をしている。やじや声援がにぎやかに飛び交う。

左手のドアからは鍋のぶつかる音がして、食欲をそそるにおいが漂い、誰かが料理をしているらしかった。さらにその向こうからは音楽や話し声が聞こえ、正面の壁には写真が何枚も貼ってあった。

わたしが恐れていたように、ダマソはどこかの美女と会っているわけではなかった——そう考えながら、マリサは写真のほうに歩いていった。

写真は普通のスナップ写真から、マリサの胸をどきっとさせるようなものまで、さまざまだった。ある写真に写っている痩せた少年は、顔の割には大人びた目つきで、世界じゅうを敵にまわして闘うかのように肩をそびやかしている。若いカップルが踊る様子を見詰める、老女の写真もある。皺《しわ》だらけの顔に浮かんだうらやましげな表情。カップルはひび割れたコンクリートの床の上で、体をしなやかに反らして踊っていた。

「何をしているんだ、マリサ?」ダマソの声がした。

「アートを鑑賞しているの。すてきな写真だわ」マリサはあえて振り向かなかった。

「ここはきみが来るような場所じゃない。エルネストも、考えてくれればいいのに」

ダマソがため息をつくのが聞こえた。

「エルネストは悪くないわ。ここへわたしを連れてくるのを渋ったけれど、彼の役目はわたしを守ることで、わたしを家に閉じこめておくことではないでしょう」

そこでマリサは振り向き、ダマソの暗い目を見た。緊張し、いらだっているのがわかった。こんな彼は見たことがない。

ダマソは拳を握り、すぐにそれを開いた。彼女をここから追い出したいという衝動を、必死にこらえているようだ。

「ここが安全だと思うのか?」ダマソの声には警告がこめられていた。

「ボディガードがいるわ。あなただっているし」

　たしかに地元の住民の中には油断できない目つきの人がいたし、マリサたちが通り過ぎるとき、物陰に隠れる連中もいた。

「それとは別の問題だ」

　マリサは首をかしげ、顔をこわばらせているダマソを見やった。

「興味があったのよ」

「もうわかっただろう。帰ったほうがいい」

「ここはどういう場所なの？」

　ダマソは両手をポケットにつっこんだ。「地域の集会所だ。コミュニティ・センターとでも言えばいいかな」

「話し合いを中断させてごめんなさい」椅子に座って彼女を見ている男性たちに、マリサは会釈をした。

「もう終わった。さあ、帰ろう」ダマソはマリサの腕をつかんだ。容赦のないつかみ方だった。

「あなたは何を隠しているの？」

　ダマソはマリサに頬を打たれたかのように、はっと顔をそむけた。マリサは驚いて彼を見詰めた。直感は当たっていた。彼には隠し事がある。

　何か言おうとして口を開いたものの、ダマソはけっきょく何も言わなかった。マリサは思わず彼の手をつかんだ。

「せっかく来たんだもの、案内してくれない？　あなたにとって大切な場所なんでしょう。さもなければ、わざわざ来たりしないもの」

　ダマソはため息をついた。「案内しなければ帰らないつもりだな？」

　マリサはうなずいた。

　ダマソは十分もあれば案内できると踏んでいたが、マリサの姿がどれほど周囲の目を引くかを、計算に入れていなかった。大勢の人たちが、ダマソが連れてきた美しい金髪の女性を一目見ようと次々集まってきた。

人だかりがふくらむにつれて、ダマソの緊張感は高まった。自分がついていればマリサに危険が及ぶことはないと思いながらも、この環境にマリサがいるというだけで心配だった。

一方、マリサは少しも動じていなかった。何にでも興味を示し、むやみに自己主張はせず、たどたどしいポルトガル語で会話を試みた。

人々はマリサの明るく活発な様子に好感を持ったようだった。マリサはものおじせずに握手をし、冗談を言い合い、子どもに興味を示した。

ダンスを習っている少女たちは、マリサにダンスを披露した。その中のひとりが側転をしようとしてよろめくと、マリサは手の位置を直してやった。そればかりか自ら靴を脱いで手本を示し、その少女を指導した。

子どもたちはマリサを敬愛するような目で見詰めている。ダマソはそれを誇らしく思うと同時にいらだちもしていた。

「とてもおいしいわ。なんというの？」マリサは大きなテーブルで、目の前におかれたボウルの中身をスプーンを使って味わいながら、給仕をしてくれた女性にほほえみかけた。

「フェイジョアーダ、黒豆のシチューです」

シャンパンやロブスターの食事が普通になった今も、それはダマソの好物だった。もちろん、それを初めて食べたころには、シチューの中に肉はほとんど入っておらず、米や豆ばかりだった。

「ベアトリスが作ってくれるかしら？」

ダマソはうなずいた。ベアトリスも彼と同じく、それを食べて育った。

ひとりの少女が、長いベンチシートの上をマリサのほうへにじり寄ってきた。マリサがつたないポルトガル語で話しかけると、少女は笑って話しはじめた。

ダマソはマリサと少女がわずかな言葉で簡単に意思疎通を図るのを見て、胃のあたりがよじれるような感覚を覚えた。

貧しい地区の訪問を、マリサがそつなくこなすのは当然だ。王女である彼女にとっては、慈善事業の一環として貧しい人々に微笑をふりまくのはお手のものだろう。

だが、何かがちがった。これはあらかじめ演出されたものではない。少女と話すマリサの心の温かさがダマソまで包みこむようだった。

それでもなお、ダマソの心の中には、マリサがここにいることに反発する気持ちがあった。その気持ちが胸に渦巻き、マリサをここから追い出し、自分の属する世界に帰れと言いたくてしかたがなかった。

貧しい人たちを訪問して慈善を施すのもいいが、マリサは自分の子どものことを優先するべきだ。

「そろそろ行こう」

ダマソは立ち上がり、手を差し出した。彼自身にも、その言葉は唐突に聞こえた。周囲の者たちが驚いて彼を見ている。

少女はダマソに怒鳴られたかのように縮み上がっていた。ダマソは恥ずかしさに頬が熱くなった。それでも焦りはおさまらなかった。今すぐマリサをここから連れ出したかった。

マリサが少女に何か言い、少女がおずおずとほほえむのを見ながら、ダマソの心臓は跳ねた。マリサはいかにも王女らしい優美な物腰で、彼の手を無視して立ち上がった。軽蔑するような表情で彼を見てから、マリサはその場に居合わせたひとりひとりに礼を言った。

マリサの温かく誠実な心に応えて、みんなが彼女のまわりに集まってきた。ダマソは仲間はずれにされている気がした。

ばかばかしい！　ぼくは成功者だ。必要とされている人間だ。

それでもマリサがようやくその場を離れたとき、彼ではなくエルネストのほうに顔を向けたのを見て、ダマソの胸の内で何かが壊れた。

彼は大股でマリサの横に行き、彼女の腕を取った。マリサは身をこわばらせ、笑みを凍りつかせたが、腕をふりほどこうとはしなかった。

今やダマソの忍耐力は尽きかけていた。

11

車の中では、どちらも話さなかった。ダマソは、自分が焼きもちを焼いたパーティーの夜のことを思い出していた。あのときマリサは彼に反抗したが、けっきょくは和解して激しく求め合った。

今回は、あの夜とはちがう。若いころのダマソが唯一知っている世界だった貧しい地区にマリサがいるのを見た瞬間、彼の胸に宿る大きくてうつろな気分を、言葉では説明できなかった。

ダマソは気持ちを抑えながら家に帰り、ふたりが共有している寝室に入った。マリサは荷物をまとめはじめるだろうか？

マリサは鞄《かばん》をベッドにおき、バスルームに向かった。ダマソはバスルームのドアが閉まる前に、それを押さえた。

「入浴中はひとりになりたいの」

マリサはダマソのこめかみが小さく震えているのを見た。

「いつからそんなにひとりが好きになったんだ?」

ダマソは思わせぶりなまなざしでマリサの体を見た。

「今からよ、ダマソ。あなたの相手をする気分じゃないの」マリサは背を向け、大きな銀のブレスレットをはずして鏡の下のトレイにおいた。

「ぼくの相手をするって、どういうことだ?」ダマソは思わず大声を出してしまい、マリサがびくりと身を震わせたのに気づいた。

マリサは顎を上げ、耳から銀とトルコ石のイヤリングをはずして、やはりトレイにおいた。

「あなたは気に入らなかったのよ」マリサの言葉はダマソの胸を深く突き刺した。「あなたがお友だちに会わせたくなかった理由はよくわかったわ。あの人たちが、あなたにとって意味のない人たちだなんて言わないでね。パーティーで会う人たちよりも重要な存在であることは、誰が見てもわかるわ」

マリサはもう一方のイヤリングをはずそうとしたが、手が震えてはずせなかった。

「わたしに才能も経験もないからといって、簡単に片づけるつもりなら、そうはいかないわよ」

彼女の声は震えていた。ダマソは胸に鋭い痛みを覚えながら、大きく息を吸いこんだ。

「ぼくは何も……」

「聞きたくないわ、ダマソ、今はやめて。ここを出ていくかどうか迷っているんだから」ようやくイヤリングがはずれ、マリサはトレイにおいた。次に腕時計に視線を落とし、ベルトを触りはじめた。

ダマソは手を伸ばし、自己嫌悪を噛《か》みしめながらマリサの腕時計をはずしてやり、宝石類と一緒にク入らなかったのは、わたしそのものが気にくわなかったからでしょう」マリサは魂まで見透かすような視線でダマソを見詰めた。

その瞬間、ぼくはマリサを失う瀬戸際にいる、とダマソは感じた。

「きみが気にくわないだって？　ばかばかしい」ダマソはかすれた笑い声をあげた。彼はマリサを洗面台に寄りかからせるようにして彼女の体に両手を走らせた。今日の外出で傷がついていないかどうか、確かめるかのように。

「誘惑するのはやめて、ダマソ。その手にはのらないわ。今はね」

ダマソは頭を振った。「あの地区は安全じゃない。あそこは……」

喉が詰まり、ダマソは言葉を失った。あそこでマリサの姿を見たときに感じた恐怖を、どう説明したらいいかわからなかった。

リスタルのトレイにおいた。「出ていってほしくない」しっかりと声を出せたのは奇跡と言ってもよかった。

マリサがかぶりを振った。金髪が頬をかすめて揺れる。彼女はダマソの胸を手で突いた。彼はその手を握り、しっかりと自分の胸に押しつけた。

ダマソは必死に頭をめぐらせ、彼女を引き止める手だてを考えた。そうだ、子どもだ。「マリサ、誤解なんだ。子どものためにも、きみは慎重にならなければならない。あのような地区は……」

「やめて！　それ以上聞きたくない」

マリサが甲高い声をあげたので、ダマソは黙りこんだ。こんなにも取り乱した彼女の姿を見るのは初めてだった。

マリサは震える息をついた。「子どもが心配なのはわかるわ、ダマソ。でも、それを今日の出来事の口実にしないで。わたしがあの場所にいるのが気に

「きみはあんな場所に行くべきじゃない」

「ダマソ、わたしは王女に生まれたかもしれないけれど、象牙の塔に住んでいるわけじゃないのよ」

「きみにはわからない。危険すぎるんだ」

「子どもにとってはね。そう言いたいんでしょう」

ダマソはマリサの肩をつかんだ。マリサは驚いて彼を見た。

「子どもだけじゃない。きみにとってもだ。ああいう場所でどんなことが起こるか、きみはわかっていない」ダマソはしぼり出すような声で言った。

「何が起きるというの?」

マリサの静かな声がダマソの耳を打った。彼女はダマソの視線を受け止め彼をまっすぐ見詰めた。

彼女はダマソの頬に触れた。その繊細な指先と髭《ひげ》を剃《そ》っていない顎の対比は、ふたりのちがいをダマソに思い知らせた。今日、ふたつの世界が出合うまで、ダマソはそのちがいを考えていなかった。

王宮とスラム街の出合い……。

「あらゆることだ。病気、危険、暴力」ダマソはかすれた声で言いながら、マリサが大丈夫なことを確認するように、背中を何度もなでた。

「あの人たちは、毎日あそこで暮らしているんでしょう」

「そうするしかないからだ。きみはちがう。きみはここで、安全にしていられる。ぼくと一緒に」ダマソは手のひらで彼女の胸を覆った。マリサはぼくのものだ、ぼくは彼女を守る。ダマソは片手を彼女の腰にまわして引き寄せた。

「ダマソ!」

マリサの声は先ほどより落ち着いていたが、ダマソは何かを感じて手を止めた。彼女は真剣な目で、彼を見ていた。

「どうしてあなたは、そんなにファベーラについて詳しいの?」

ダマソは陰鬱な笑みを浮かべた。否定しても無意味だ。世間に公表はしていないが、遅かれ早かれマリサに知られるだろう。「ぼくがあそこの出身だからだ」

ダマソはマリサの目に、ショックの色が浮かぶのを待った。だが、彼女はダマソの頬を手で包みこみ、額が触れ合うくらいに彼の顔を引き寄せた。

「今日行ったところ?」

ダマソはゆっくりとかぶりを振り、深く息を吸いこんだ。「もっとひどいところだった。とうの昔につぶされて再開発された」

マリサは何も言わなかった。ダマソは彼女が離れていくものと思って身構えた。ついに正体を知られてしまったのだ。

他人の評価など、問題にしたことはなかった。ダマソは貧しい境遇から抜け出すことに必死で、ただひたすら成功への階段をのぼってきた。だがマリサの反応は気になった。

マリサが動きはじめたとき、ダマソはすぐには彼女が何をしているのかわからなかった。マリサは身をくねらせてシャツを脱ぎ、ブラジャーを取った。明るく輝く目でダマソを見詰めながら衣類を足元に落とす。

「いらだたせてごめんなさい」

彼女の手が自分の手に重ねられるのを見て、ダマソは息苦しさを覚えた。マリサの柔らかな体の温《ぬく》もりが、彼の胸の中にあった冷たい塊を溶かした。

ダマソは必死に、マリサが何をしようとしているのかを考えた。ぼくの貧しい出自の話から、どうしてこうなるのだろう?

「もっと早く話してくれればよかったのに」マリサはダマソを見詰めたまま、彼のジーンズのファスナーに手をかけた。

ダマソは大きく息をのみ、向こう見ずな王女の奇妙ではあるけれどすばらしい行為に感謝した。

ダマソはマリサの胸でまどろんでいた。寝ていても、彼女を包みこむように抱いていた。激しく求め合ったあと、そのままでいてほしいとマリサが言ったとき、初めてダマソは手足を絡ませたまま、彼女の隣に横たわった。まるで彼女とひとつに溶け合うように。

求め合うとき、ふたりはまさにひとつに溶け合うようだった。ゆっくりとした思わせぶりな愛撫《あいぶ》を思い出すと、マリサは今でも息が詰まり、鼓動が速まった。

彼は目に必死な表情を浮かべ、体にみなぎるエネルギーで、マリサを何度も何度もクライマックスへと導いてくれた。

マリサはダマソの温かい肌に顔をつけたままほほえんだ。長年、男性と深い関係にならずにいた埋め合わせだろうか。ダマソのような恋人に出会えるなんて。

彼は、夫としてはどうだろう？

初めてマリサは、冷静にその可能性を考えた。相手が誰にせよ、結婚には不安があった。

ダマソは人を支配するのが好きで、いばり屋で、自分のやり方を押し通すことに慣れている。でも彼はシリルのように脅したりしないし、父のように冷たくもない。

ダマソは血気盛んで情熱的だった。ベッドの中だけではない。子どもの話をするとき、彼の目の輝きに、思いの深さが見て取れた。最初はそれが怖かったけれど、今は……マリサはまばたきをした。今ではそれが慰めになっている。

ダマソが子どものことを本気で思っているのはありがたかった。もし自分の身に何かあっても安心していられる。ダマソが子どもの面倒を見てくれるとダマソのおかげで孤独感が薄れた。過去にはステファンがいたけれど、彼を失って悲しみに打ちひしがれた。悲痛な思いに駆られ、以前にも増して、誰にも心を開けなくなった。しかしダマソのおかげで、胸の中にぽっかりと口をあけていたうつろな思いは消え、マリサはもう心の痛みを感じなくなっていた。

彼はマリサを守ろうとしていた。社交的な催しでは、片時も彼女のそばから離れなかった。そこへ、今日のスラム街に関する一件があった。

マリサはスラム街の危険について話したときのダマソの険しい表情を思い出し、眉をひそめた。彼の体の傷跡がナイフによるものだという話も思い出した。けれどマリサは直感的に、ダマソを苦しめているのは肉体的な脅威以上の問題だと察知した。

自立することと、妊娠によってもたらされる変化にばかり、マリサは気を取られていた。自分のこと
で手いっぱいで、マスコミに書き立てられたとおり、わがままな人間になっていた。

ダマソは過去については語りたがらず、いつでも現在か未来に気持ちを向けている。わたしはもっと彼を知ろうと努力してもよかったのかもしれない。わたしの過去を、ダマソは親身になって聞いてくれた。そのお返しに、わたしは何をしただろう？

今ではダマソは、マリサにとってなくてはならない存在になっていた。子どもの父親であり、さらにそれ以上の存在だった。

マリサはダマソの広い肩を両手でなで、親近感を噛みしめた。そして、子どもに加え、カップルという絆《きずな》を意識して、彼をぎゅっと抱きしめた。

ようやくわたしは、信頼できる男性を見つけたのかもしれない。マリサはそう思った。

二度目のファベーラへの訪問に際し、マリサは

マソの反応が気になったが、思ったほどではなかった。

「きみがあそこに行くのは危険すぎるということで、同意したはずだ」ダマソはネクタイをゆるめ、シャツの袖をたくし上げて力強い二の腕を見せ、両手をポケットにつっこんでいた。屋上庭園に出るドア口に立ち、眉をひそめて彼女を見ている。

マリサは思わず駆け寄ってキスしたくなるのを、なんとか抑えた。

「覚えているわ、ダマソ。だからエルネストにボディガードを増やすと言われたとき、承諾したのよ」本当はボディガードなどいらないと思っていたが、よけいな波風は立てたくなかった。

「彼はきみをあそこに連れていくべきでは……」

「その話はもうしたでしょう」マリサは濡《ぬ》れた手を上げ、顔に落ちかかった髪を手首で払った。「エルネストを怒らないで。彼はちゃんと自分の仕事をこなしているわ。もしわたしを止めようとしたら、たぶん彼なしで行っていたわ」

ボディガードをまくのは、経験のないことではない。

「わたしは大丈夫だったし、歓迎してもらったわ」ファベーラの人たちの歓迎ぶりに、マリサは心が温まった。「写真のクラスのお手伝いをしたくて、コーディネーターと話し合ってきたわ」

マリサには教える資格はなかったが、多少の知識は持ち合わせていた。写真の技術を学ぶプログラムに参加する若者たちに、いくらか助言もできた。コーディネーターは写真の技術を仕事に生かすよう熱心に語ったが、マリサは、自分がカメラのレンズを通して世界を見るときに感じる安らぎや満足感を、若者たちにも体験してほしかった。

「定期的にあそこに通うというのか！」

マリサはいちいち答えなかった。ダマソが怒るとわかっていたが、話を進めるつもりだった。人の役に立てると思うのは尊大かもしれないが、自分自身と子どもたちのためにもそうしたかった。

ダマソのためでもあると考えるのは、おかしいだろうか？　孤児として、厳しい環境を生き抜いてきた彼のためだと思うのは？

彼の過去を聞かされて以来、マリサはともすると、今日歩いてきたような地区で暮らすダマソの姿を想像していた。彼が今のような、頑固で冷酷で、心を固く閉ざした人間になったのは、つらい体験のせいだったの？

マリサは湯を張ったたらいの中に手を入れ、つるつると滑る石鹸《せっけん》をつかんだ。

「それに、きみが今何をしているのか、説明してほしい」ダマソの声は不満そうだった。

マリサは自分が首筋をつかんでいる、痩せた犬を眺めた。犬はぬるま湯の入っている大きなたらいの中に座って震えているが、逃げ出す気配はない。

「この子には家が必要だったの」

「だが、この家じゃない」ダマソはたらいに歩み寄った。彼の長い影が犬の上に落ちる。

「まずいなら、どこかよそに連れていくわ。でも、歓迎してくれるところが見つかるかしら」

耳が痛くなるほどの沈黙が落ちた。

「何か言いたいことがあるのか、マリサ？」

マリサは視線を上げた。ダマソが目を細くして彼女を見詰めていた。

「遠まわしな言い方はしない主義よ。このかわいそうな犬には住む家が必要だと言っているだけ。それに……連れてくるのが正しいことだと思ったの」

犬のすがるような目を見たとき、マリサは仲間意識を感じた。周囲に溶けこめず、誰からも求められない、のけ者どうしだという意識を。

ダマソが近づくと、犬が震えた。マリサはなだめるように犬の頭をなでた。

「他に住む場所を探そう。ここにはおけない」

マリサは彼を見上げた。犬とはなんの関わりも持ちたくないという顔をしている。

「ありがとう。でも、せっかくだけど、この犬はわたしが自分で面倒を見たいの」

犬の世話ができれば、やがて赤ん坊の世話もできるようになるかもしれない。それに、この犬はわたしを信じている。裏切るわけにはいかない。

ダマソの視線は犬に移った。そこにうかがえる彼の嫌悪感を見て、マリサは息をのんだ。犬が震えるのも無理はない。

「その犬は雑種だぞ。犬が欲しいなら、きちんとしたブリーダーから買うべきだ」

「血統書つきの犬を、ということ？」マリサは動かしていた手を止めて石鹸をおいた。

「そうだ。そのほうがふさわしいじゃないか」

「わたしが王女だから？」

「そうだ、マリサ。ちがうふりをしたところで無意味だ」

「わたしがそんなふりをしているとでも？　本当の自分じゃないふりを？」マリサは傷ついたような口調で言った。今日ファベーラへ行ったことを、ダマソはそんなふうに考えているの？

「そういうわけじゃない。その犬を見てみろ。どんなに手をかけても、けっきょくはスラム街育ちの雑種だ」ダマソは何歩か離れ、また振り向いた。

ダマソの言葉がマリサの頭の中に響いた。彼は顔をこわばらせ、全身を緊張させている。ファベーラに近づくべきではないとかたくなに主張したときと同じだった。

もしかして彼は自分が育った場所や境遇を恥じているの？　ダマソほどの自信家が？

彼は頻繁に、マリサが王家の血筋を引いていることに言及した。まるでそれが、人格に影響するとでもいうように。

「病気を持っているかもしれないだろう」

マリサは頭を振り、バケツに手を伸ばした。「もうマックスを獣医に連れていったわ。なんの心配もいらないそうよ」

「マックス？」

「この犬を見ていると、大伯父のマクシミリアン親王を思い出すの。鼻筋の通ったところとか、茶色の目とか」マリサは場違いな笑みを浮かべた。

大伯父のマクシミリアンは学者で、政治より書物に興味があった。マリサをかわいがり、面白い話をしてくれた。子ども時代の数少ない楽しい思い出に目頭が熱くなる。

ダマソは濃い眉の下からじっとマリサを見詰め、視線を犬へと移した。

「本当にその犬が好きなんだな」ダマソの声には、驚いているような響きがあった。

たしかにマックスは痩せていて、最高にかわいいとは言いがたいが、独特の愛らしさがあった。

マリサは肩をすくめ、石鹸水を洗い流した。マックスとのあいだに早くも絆が生まれていることに、彼女自身が驚いていた。もう、この犬を手放すことはできない。

「わかった、飼ってもいいよ。だが部屋の中には入れるな」

マリサが礼を言う前に、ダマソは室内に入ってしまった。彼女の胸に温かい思いが広がった。

「聞いた、マックス？　ここにいてもいいそうよ」タオルをつかみ、犬を拭きはじめる。

わたしもマックスも、ダマソの優しさに触れた。自分の見せた寛大さがどれほど大きな意味を持っているか、彼はわかっているのかしら？

12

「夜のこの時間は町がきれいね」

ダマソはテーブルごしに、マリサが炭酸水を飲みながら景色を眺める様子を見た。屋上庭園からの眺めはすばらしかったが、マリサと同居するまで、ダマソにはそれを楽しむ時間がなかった。

ダマソは、マリサの肩口まで落ちている金髪や夢見るような表情の目、緑色のシャツの下にうかがえる豊かな胸のふくらみに視線を走らせた。彼は美しい女性を何人も知っていたが、見るだけで息苦しくなったり、胸が詰まったりすることはなかった。

「この町が大好き」マリサはほほえみながら言った。

「きみが?」彼女の言葉がどれほどうれしいかを隠しながら、ダマソはビールのグラスを口元へと運んだ。「どんなところが好きなんだ?」

マリサは肩をすくめた。「ベンガリアとはちがって、生き生きとしているわ。いろいろなことが起こる。サンパウロの人たちはエネルギッシュね。それに、食べ物がおいしいでしょう。注意しないと、子どもが生まれるまでに太りすぎてしまうわ」

ダマソはかぶりを振った。妊娠中に彼女がほんの数キロ太ったからといって、それに気づくのは恋人だけだ。自分の子どものせいでおなかがふくらんだマリサを想像して、ダマソは所有欲が頭をもたげるのを感じた。

「叔父に戴冠式に招待されたの」

グラスを持ったまま、ダマソの動きがぴたりと止まった。「行かないんだろう? 王のことは嫌っているんだから」

「最初は行くつもりはなかったわ。でも、迷っているの。叔父には会いたくないけれど、ときどき、ここに隠れている気がするの。家に帰って問題に向き合うのを怖がっているような」

ダマソは眉をひそめた。「ベンガリアは家じゃないと言っていたじゃないか」

マリサは肩をすくめた。「たしかにあそこでは幸せじゃなかった。でも、やっぱり故郷だもの」

「じゃあ、戴冠式に出席して、仲のいい家族を演じるのか?」

「そんなつもりはないけれど、正面から向き合わないのはよくないんじゃないかと思うの」

「どうしてだ? 無責任に妊娠したことで、説教でもされたいのか?」

マリサが顔をしかめて視線をそらすのを見て、ダマソは言いすぎたと、ひそかに悪態をついた。それでも、わずかな期間でも彼女をよそへやるのは気が進まなかった。

もしマリサがベンガリアに行ったら、そのまま帰ってこないかもしれない。彼女に愛されているという確証があるわけではない。なるほど、ふたりは激しく求め合い、マリサもぼくと同じくらい満足しているようだが、彼女がぼくに恋をしていることを示すような言葉や振る舞いは見られない。

ダマソの鼓動が速まった。ぼくはマリサがぼくに夢中になることを望んでいるのか?

愛や結婚について、ダマソは何ひとつ知らなかった。彼は一瞬、自分は人を愛することについて学ぶ必要があるのではないかと考えた。

「帰るのは間違いだと思う?」

ダマソはしばし間をおき、マリサから助言を求められるのは初めてだと気づいた。

得意げな顔は見せず、マリサの叔父のように独断に走らないよう、ダマソは言葉を選んだ。マリサに対しては命令は逆効果だ。説得を試みるほうがいい。

彼女に自分の意志でここにいると思わせたほうがいい。「叔父上が、きみの存在をどう利用しようとするか考えておく必要がある。彼にだまされたくはないだろう?」

マリサが口元をこわばらせたところから察するに、彼の言葉は的を射ていたらしい。マリサはプライドが高い。嫌いな男の術中にはまりたくはないはずだ。

「もう少し考えてみたらどうだ? それより、今日のことを話してくれ。何時間も会っていなかった」

ダマソはマリサとともに、その日の出来事を話しながら過ごす夜を楽しみにしていた。そんなことは、他の誰とも経験したことがなかった。

「子どもたちをギャラリーに連れていったの」

マリサは身を乗り出した。目が輝いている。

「子どもたちの興奮ぶりを、あなたにも見せたかったわ。シルヴィオは二時間も話をしてくれて、みんな、夢中で聞いていたわ」

「子どもたちは、さぞかし喜んだだろう」

ダマソは、初めて育った地区を出たときの興奮と恐怖を思い出した。マリサが写真のクラスで面倒を見ている子どもたちは、シルヴィオのギャラリーほど豪華なところなど想像したこともなかったはずだ。シルヴィオは南アメリカでもっとも成功した写真家で、その作品は世界的に評価されている。

「彼を紹介してくれたあなたに感謝しないとね」

マリサが手を重ねてくると、ダマソは指を絡ませた。これほど繊細で柔らかい指が、ときには強くもなれることに、ダマソは改めて感嘆した。

「礼には及ばない」

何週間も前、ダマソはマリサをシルヴィオのギャラリーに連れていった。マリサはシルヴィオの作品に夢中になり、大喜びした。写真家のほうもマリサが気に入った。以来、ふたりは親しくつき合っている。

マリサがシルヴィオのことを頻繁に話題にするので、ダマソは焼きもちを焼いてもおかしくなかった。だが彼女の興味があるのはシルヴィオの作品だけだ。シルヴィオとの友情のような、マリサをブラジルと結びつけるものが増えるのを、ダマソは歓迎した。それに、子どもたちが貴重な経験をして才能を開花させる様子を語るマリサは、まるで太陽の光を浴びて咲く大輪の花のようだった。

マリサが熱心に話すのを見ていて、ダマソは彼女が変わったことに気づいた。マリサはつねに生き生きとしていた。過去においては、生き生きとした態度はうわべだけで、イメージづくりの演出だった。今の彼女は内側から輝いている。

ダマソはそれをうれしく思う一方、まだマリサが結婚に同意していないことにいらだちを覚えた。

「シルヴィオは子どもたちの作品を見ると約束してくれたの。すごいでしょう」

「すごいな。だが、子どもたちはきみからも多くを学んでいるだろう」ダマソは指摘した。

彼は子どもたちだけでなく、親たちも喜んでいるという話をあちこちから聞いたし、その成果も自分の目で見ていた。

マリサはかぶりを振った。「わたしはアマチュアよ」

「とはいえ、豊かな才能の持ち主だ」

「お世辞がうまいのね」

ダマソはまだ、マリサがファベーラに行くことに不安を覚えていた。危険な目に遭わないように、マリサを閉じこめておきたかった。だが今の彼女を見るかぎり、無理に止めなくてよかったと思う。

テーブルの横に動きを感じてそちらを見ると、犬がマリサの椅子に近づいてきた。マリサは愛情たっぷりにマックスを見やり、手を伸ばして顎の下をかいた。犬は気持ちよさそうに目を閉じ、さらにマリサに身を寄せた。

　ダマソは口元をこわばらせた。血統書つきの犬ならともかく、いくら手入れをしても野良犬のような雑種をマリサはかわいがっている。

　ふと彼の表情に気づき、マリサはたずねた。「どうしてこの犬が嫌いなの？」

　ダマソは肩をすくめた。「ぼくにはペットをかわいがる時間などない」

　マリサは納得しない様子だった。

「ペットが問題なわけじゃないでしょう。この犬の代わりに、別の犬を買おうと提案したわよね。マックスの何がいけないの？」マリサは彼をうかがうように見た。

　ダマソは何も言わなかった。犬をここにおくことを許した。それ以上、何を望むというんだ？

「マックスの生まれが気に入らないんじゃない？　それで、マックスを見たくないんでしょう」

　突然、マリサは思い当たった。島の家やこのペントハウスにあるものはすべてが最高級品で、骨董品《こっとう》や中古品のような、時代を経た趣のあるものはなかった。すべてが、つい昨日作られたかのように真新しかった。

　アンデス山脈のリゾート・ホテルも同様だった。やはり、新しくて最高のものばかりだった。

　いやな予感がして背筋を伸ばし、マリサはグラスをおいた。

「どうした？」ダマソは敏感に、マリサの雰囲気が変わったことを察知した。

「あなたが所有しているものは、すべてが最高のものだわ。そうでしょう？」ベアトリスが仕事をするキッチンでさえ、ミシュランで星のつくレストラン並みの設備だった。

「それがどうした？　それくらいの金はあるし、質のいいものが好きなんだ」

「質……」苦々しい響きだった。マリサが間違った種類の人たちとつき合うのを非難する際に、シリルが好んで使った言葉だった。

「だからどうした？　美しいものを集めるのは悪いことじゃないだろう」ダマソは眉をひそめた。

「それを好む理由によるわ」

マリサは胸が悪くなるような考えと闘った。しかし抵抗しきれず、とうとう言葉が口からほとばしった。「だから、わたしたちは結婚するしかないと言い張っているの？」

ダマソは目を大きく見開いた。「何を言い出すんだ？　話のつながりがよくわからない」

「わたしは血統書つきの女よ。王室の一員という肩書を持っていて、質がいい」マリサは震えながら息を吸いこんだ。

「ぼくはきみの肩書に引かれた——そう思っているのか？」

「子どもが欲しいのはわかっている。でも、それ以上の意味があるんじゃない？」マリサは真実を突き止めないわけにはいかなかった。

「どういう意味だ？」ダマソは気持ちを抑え、じっと座っていた。

「わたしがファベーラに行くことを、必要以上に危険だと考えている。マックスが気に入らない理由も、スラム街から連れてきたからでしょう」

ダマソの目に何かがひらめき、マリサはどきっとした。口をつぐんで待ったが、彼は何も言わない。

「本当のことを教えて、ダマソ。あなたがわたしを欲しがっているのは、戦利品を増やすためなの？　肩書や質を考えたら、王女というのはかなりの上等品よね」マリサは震える息を吐いた。

マリサはダマソのことを知っているつもりだった。貴重なつながりを感じ、とても幸せだった。彼を信頼し、希望を持ちはじめていた。

「もし過去をなかったものとして忘れたいなら、わたしと結婚するのは得策じゃないわよ。覚えていると思うけれど、たいていの人は、わたしが質のいい人間だと思っていない。わたしは傷ものなのよ」

「そんな言い方はするな！　自分をそんなふうに言うものじゃない」

ダマソはテーブルをまわってマリサの手をつかみ、きつく握りしめた。ダマソの目は暗い炎をたたえていた。

マリサは必死になって強い口調で言った。「直接には言わなくても、みんなそう思っているわ。あなたはわたしのことを、成功に花を添えるコレクションのひとつと考えているかもしれない。でも、わたしは傷ものよ。価値は下がるわ」

マリサは上等なテーブルや椅子、よく手入れされた庭に散在する彫刻に目をやった。喉が詰まり、苦しくてあえいだ。

ダマソの大きな手がマリサの頬を包みこんで上に向け、視線を合わせた。

「今みたいなことは二度と言うな。いいか？　きみは間違っている」ダマソは怖いほどのしかめっ面で、吐き出すように言った。だが奇妙なことに、マリサの冷たい頬に触れる彼の手は優しかった。

マリサの濡《ぬ》れた目を見下ろしながら、ダマソは今までにないほどの怒りと困惑を覚えていた。なぜマリサにはわからないのだろう。称賛と尊敬に値する女性、ダマソが知っている他の女性とはまったくちがう女性なのに。

マリサは涙をこぼすまいとして、まばたきをした。こんなときでさえプライドを保とうとするとは、いかにも彼女らしかった。

傷つきやすいマリサの心の内を思い知らされ、ダマソは胸を締めつけられた。犬が逃げ出すのにもほとんど気づかず、彼はマリサの椅子の傍らに膝をついた。

彼女が深く傷ついているのがわかり、ダマソは自分の中で何かが壊れていくような気がした。

さらに身を寄せて、青りんごと甘い女性の香りを吸いこんだ。今すぐ彼女を抱きしめ、すべての疑念を拭い去ってやりたかった。だがマリサは言葉を求めていた。

「きみは叔父上の嘘《うそ》を信じかけている。彼の言いなりにならなかったのは、きみが強かったからだ。今ここで、自分をおとしめるようなことを言って、彼を勝たせてはいけない」

マリサは大きく目を見開いた。ダマソは間をおき、今の言葉を彼女が理解するのを待った。

「念のために言っておくが、どんな男もきみを妻にすれば鼻高々だ。だが、それはきみが王室の出だからじゃない。きみは頭がよくて優しく、言うまでもなく美しい。知的で、おもしろくて、一緒にいて楽しい。みんなが、きみのそばにいたがっている」

マリサの目はまだ疑念で曇っていた。ダマソが彼女の両手を取ってたくましい胸にあてがう。手のひらを通して彼の鼓動が速まるのがわかった。

「どれほどぼくがきみを求めているか、わかっているだろう、マリサ」

「あなたは子どもを欲しがっている。わたしに関しては、王室との婚姻を求めているんじゃないの？社会的な地位を重視するなら、スラム街出身の少年にとってはたいした成果だわ」

「ぼくは家族が欲しいんだ」その言葉はダマソの胸の奥底から飛び出した。家族——マリサと子どもを求める気持ちの強さがダマソの心を開かせた。「ぼくたちの子どもと一緒にいたい、そしてきみと一緒にいたい。わかるだろう？最初から、ぼくたちのあいだには感じ合うものがあった」

「体の関係を言っているの？人は、そのために結婚したりしないわ。もっと他の理由はないの？」マリサは言い、深いため息をついた。

当人は意識していないかもしれないが、マリサがダマソに求めているのは感情だった。家族や国から遠ざけられた彼女は愛を必要としていた。

ダマソの胸は重く沈んだ。マリサが求めているのは、彼が与えるすべを知らないものだった。

一瞬、ダマソは嘘をついて、彼女の痛みを和らげるような陳腐な言葉を口にしようかと思った。だが、できなかった。そんな嘘はすぐに見破られる。真実を告げるしかない。

ダマソは彼女の片手を取り、握りしめた。もう一方の手は、胸に当てたままだった。鼓動が速まっているのに、マリサは気づいているだろうか？

「ぼくが美しいものを集めているのは、過去から逃れるためだと、きみは思うのか？」

ダマソは苦しげに息をついた。世間からひた隠しにしてきたことを打ち明けるか、さもなければ彼女を失うかだ。

「そのとおりかもしれない」ダマソがそう言うと、マリサが息をのみ、手をかすかに動かした。だが、彼はその手を握りしめ、放さなかった。「ぼくは毛布一枚のところから始めた。できるだけ早く、貧しい生活から抜け出そうと決意していた。懸命に働き、運よくそれを実現した。成功者としての自分を作り上げた。きちんとした身なりに豪華なオフィス、美しい女性……」

マリサの顔を見てダマソはほほえんだ。彼女の顔に浮かんでいるのは嫉妬だろうか？

「なぜいけない？　ぼくだって人間だ」

「わたしは何も言っていないわ」

ダマソは肩をすくめた。「成功の果実を楽しむのを恥じてはいない。利益をビジネスに再投資して、チャンスを最大限に生かせるくらいの資本を手元においておくのが、ぼくのやり方だ。そうやって、使い走りからツアー・ガイドになり、さらにはツアー会社の経営者になった。顧客に最高の休暇を用意し、貴重な体験を提供する。利益が増えるにつれ、投機にも興味が広がった。清潔な服や居心地のいい家が好きだし、少しは贅沢《ぜいたく》をしてもいいと思ってる」

ダマソはマリサが聞いているのを確かめてから、言葉を継いだ。

「ギャラリーを訪れるうちに、近代アートにも興味を持った。まとまった金ができたとき、気に入った作品を買った。車や家を買うのと同じように」

マリサの非難を思い出し、ダマソはそこでいったん言葉を切った。

「今まで考えたことはなかったが、きみの言うとおりだ。ぼくは美しいものを好む。自分の育った環境を思い出させるようなものは好きじゃない。口に出しては言わないが、同じ思い出を持つ者が近くにいる」

「エルネスト？」

ダマソはうなずいた。「ベアトリスもだ。身近なスタッフは、全員がそうだ。子どものころは知り合いじゃなかったが、同じ地区の出身だ」

「彼らがあなたに忠実なのは当然なわけね。あなたにチャンスを与えられたのだから」

ダマソは肩をすくめた。彼のような立場にあれば、手を貸すのは簡単だった。なのにマリサは、ダマソがまるでスラム街の救世主か何かのような言い方をした。

彼は、同じ場所から拾われてきた犬のことを考えて顔をしかめた。マリサが犬をかわいがっているのを見るたびに、彼女と自分のちがいを思い知らされる。上品な王女と、粗野なスラム街の少年。

「ダマソ？　どうしたの？　手が痛いわ」

彼は力をゆるめはしたものの、放しはしなかった。

胸に不安が渦巻いた。子どものころのことは誰にも話したことがない。だが、マリサを失いたくなければ……。

「きみはぼくが、自分の出自を思い出したくはない、だが忘れられないと思っているんだな」

ダマソはこれ以上過去には触れたくなかった。だが、マリサが知りたがっているのは明らかだ。彼はまた、このことがマリサの不安を静めるだけではないと気づいた。彼女は今だけでなく、以前からダマソの過去を気にかけていた。どれだけ気遣ってくれたことか。

喜びと同時に恐れがこみ上げた。

「話して」

ダマソはマリサの手を放して立ち上がり、町のほうを向いた。

「母のことはほとんど覚えていないし、父が誰かはわからない。本来の意味での家はなかった。ぼくは……」ダマソは唾をのみ、無理やり続けた。「ごみの山をあさっている子どもの写真を見ただろう。あれがぼくだった」

突然、ダマソはあの場に立ち戻っていた。雨の中に鼻を刺すにおいが立ちこめ、足元はぬかるんで滑り、濡れた服が痩せ細った体に張りつく。

ダマソは何かが動く気配を感じ、我に返った。マリサがそばに立っていた。

「慈善団体の施しがあったが、覚えているのは、空っぽの胃が痛んだことばかりだ。毎日、毎晩」ダマソがまばたきをすると、目の前の風景はダウンタウンの町並みに変わった。

マリサの手がダマソの手に触れ、彼はそれを握りしめた。彼女の手はなんて感触がいいのだろう。

「きみは、ぼくが危険だと騒ぎすぎると言う。たしかにそうかもしれない」

認めるのは容易なことではなかった。ダマソの本能は、マリサと子どもをあそこに近づけるなと主張していた。

「だがぼくが育ったところでは……暴力をさんざん見てきたから、まったく安全だとは考えられないんだ」ダマソは肩をすくめた。

「ナイフの傷跡ね」マリサはつぶやいた。

ダマソはうなずいた。ギャング同士の争いやドラッグの取り引きについては話さないことにした。

「人が死ぬのもたくさん見た。あそこを出られたのは幸運だった。多くの子どもはそれができない。きみが行く地区は、ぼくがいたところよりましだが、危険なことに変わりはない」

「ごめんなさい」

マリサはダマソに寄り添った。その感触がダマソの心を温めた。

「それでも、あの子どもたちを助けたいんだね」ダマソは口元をゆがめた。マリサがあそこに行くのは気に入らないが、力になりたいという彼女の気持ちは誇らしかった。

「自分勝手かしら？」マリサはダマソを見上げた。その顔には迷いがあった。

「きみはすてきな、心の温かい女性だ。きみと人生をともにしたい」ダマソはマリサを抱き寄せた。

「本当に？」

「もちろんだ。きみの身分や血筋は関係ない。ぼくは相手を自分の感じたままに評価する。金持ちだろうと貧しかろうと。他の誰が何を言おうと関係ない。わかったかい？」

マリサはしばらくダマソを見ていた。それから爪先立って彼の耳元でささやいた。「わかったわ」

彼女の目に浮かんだ感情を見て、ダマソは胸がいっぱいになった。

13

「すごくきれいだよ」ダマソは感嘆して、マリサを見詰めた。金色の髪から宝石で飾られたハイヒールの足元まで、彼女は完璧だった。

ひそかに妊娠をほのめかすものを探したが、数カ月経《た》った今でも、マリサはほっそりした体形を保っていた。ダマソは内心、彼女が妊娠しているのが明らかにわかるようになるのを楽しみにしていた。

ダマソは所有欲をかきたてられた。マリサを誰とも分かち合いたくなかった。行く先々でマリサにつきまとってくる男たちから引き離し、独占していたかった。

「ありがとう」

マリサがくるりと回転して、色鮮やかなワンピースの裾をひらめかせた。日に焼けた、形のいい脚があらわになる。夜になったらどんなふうに抱きしめようかと考えて、ダマソは興奮を覚えた。

だが今夜は、マリサの夜だ。

「プレゼントがあるんだ」ダマソは言った。

マリサは今まで、気持ちよく暮らせるだけでいいと言って、プレゼントを拒んできたが、これは断らないだろう。とはいえ、マリサは頑固なまでに自立した女性だ。彼女の反応は予想できない。ダマソはベッド脇のテーブルにあった、小さな革張りの箱を手に取った。

ダマソは緊張し、無理に笑顔を作った。いったいどうしたのだろう？　これまでも、プレゼントを女性に渡したことはあったのに。

だが、このプレゼントは気楽なものではなかった。ダマソが個人的に選び、彼女のために特別にあつらえたものだ。

えたものだった。

世界的に有名な宝飾デザイナーのロゴを見て、マリサは眉を上げた。「そういうものはいらないわ」

彼女は手を出そうとせず、ダマソは胃のあたりにひやりとするものを感じた。

ダマソはマリサの目を見詰めた。この何週間かで初めて、彼女の考えが読めなかった。

「ブラジルのデザイナーが好きなようだから、気に入るかと思ったんだ。これを見たとき、きみのことを思い出した」

ダマソは小箱を差し出し、マリサは一瞬ためらってから受け取った。ダマソは安堵《あんど》し、全身が熱くなるのを感じた。

マリサはすぐにはその贈り物を開けず、型押しされているロゴをなでた。ようやく蓋を開けるなり、はっと息をのんだ。

マリサはしばらく何も言わず、豊かな唇をかすかに開いたまま、中にあるものを見ていた。それから、ごくりと喉を鳴らした。

ぼくの見込みちがいだっただろうか？　ぼくは間違っていたのか？

マリサは夏の空のように明るい瞳で、ダマソを見た。その表情を見て、彼は三十センチも背が高くなったような得意な気分だった。

「すばらしいわ」マリサは喉につかえたような声で言った。

ダマソはすぐさまマリサを抱きしめたかったが、少し待てと自分を戒めた。

「こんなすてきなもの、見たことない」

それこそダマソが待っていた言葉だった。何しろマリサのような女性は、彼にとって初めての相手だった。「気に入ったかい？」

「気に入ったか、ですって？」マリサはうっとりした顔をして、かぶりを振った。「これを気に入らない人なんて、この世にいると思う？」

「よかった。じゃあ、今夜つけていくといい」

ダマソはマリサが少し身を引いた気がした。ぼくの思いすごしだろうか？

「どうして、こんな高価なものを？」

ダマソはぜひとも受け取ってほしいという願いをこめて彼女を見詰めた。「きみの初めての展示会だから、お祝いして当然だ。値段は問題じゃない。それくらいは出せる」

「わたしの展示会じゃないわ。今夜の主役は子どもたちの写真よ」マリサの目には疑念が宿っていたが、口元にうっすらと笑みが浮かんだ。

「シルヴィオの話ではちがう。きみのための展示会でもあると聞いたよ」ダマソはマリサの頬がほんのり赤らむのに気づいた。

「だからこれはお祝いのプレゼントで、わたしを祝福してくれているのね？」

ダマソはマリサの期待を感じ、ためらった。彼女はさらにもっと何かを求めているが、なんと言えばいいのだろう？　きみがうれしそうなのを見て、ぼくも最高にうれしくなったとでも？

プレゼントと一緒にきみにずっとそばにいてほしいとか？　指輪をマリサの指にはめ、きみを自分に縛りつけておきたいとか？

だが、もう少し待った。ダマソは葛藤していた。時代錯誤の横暴な男みたいにマリサを無理やり手元におくようなまねはするべきではないと。

「きみは努力を重ねて、すごい成果を上げた。子どもたちを導き、彼らに自信を与え、新しい世界を開いてやった」

「そうかしら？」マリサは目を輝かせた。

ダマソはうなずいた。彼の言葉を聞いてうれしそうな彼女を見て、喉が詰まった。マリサはとても行動的でエネルギッシュだ。だから、つい彼女の抱えている重荷を忘れてしまう。

「新進気鋭の写真家として、きみは自分をもっと華やかに見せるべきだ」

「それらしくしないといけないのね？」マリサはうつむいた。

ダマソは手を伸ばし、彼女の顎を上げた。その柔らかな肌をそっと指先で愛撫《あいぶ》する。「それだけじゃない、マリサ。ぼくは……」

彼女は彼に身を寄せた。ダマソは突然、もっと意味深いことを言うように期待されていると悟った。自分が危うい立場に立っていることを意識し、思わず唾をのみこむ。

今やマリサはダマソの将来の重要な一部になっていた。彼女と子どもは、ダマソが考えもしなかった方法で、彼の世界を明るくした。だがそれを告げたら、マリサは美しい口元をゆがめてそっぽを向いてしまうかもしれない。

「きみのことを誇りに思うよ、マリサ。きみは特別な女性だ。ぼくが贈ったプレゼントを身につけてくれたら、とても光栄だ」

マリサの目に落胆したような表情がちらついたが、それでも彼女は笑みを浮かべてうなずいた。

「ありがとう。気に入ったわ」マリサはかすれた声で言った。

ダマソは小箱に手を伸ばし、ネックレスを取り出した。赤みの強いオレンジ色の宝石が手の上で輝く。彼がデザイナーと長時間話し合って決めたデザインだった。

「この宝石を見て、きみを思い出した。明るくて華やかだが、内面は誠実だ」ダマソは宝石が光り輝くのを見ながら言った。マリサを見ると、彼女は宝石ではなく、ダマソを見ていた。

「本当に？」

ダマソはうなずいてマリサの背後にまわり、ネックレスをつけた。それから姿見の前にマリサを連れていった。

「もちろん。夏そのもので、まさにきみのようだ」

「なんという宝石？」

マリサは圧倒されたような声を出した。ネックレスは彼女によく似合っていた。ぼくのプレゼントを身につけた完璧なマリサ……。ダマソの背筋に震えが走った。

「インペリアル・トパーズ。ブラジルで採れる石だ」

マリサは目を大きく見開いて、ネックレスを見詰めた。トパーズとダイヤモンドの環《わ》から、カットされたトパーズがいく筋も左右非対称に胸元へと流れ落ちている。近代的で女らしいデザインだった。

「きみは、ぼくの知っている中でもっとも美しい女性だよ」

案の定、マリサは反論しようと口を開いたが、ダマソは手を伸ばし、彼女の口に指を立てて黙らせた。

「イヤリングをしてごらん」

マリサは言われたとおりにした。

「ブレスレットも」一瞬ののち、ダイヤモンドとトパーズがマリサの細い腕を飾り、ダマソは背後から彼女を抱きしめ、鏡の中のふたりに見入った。「どうだい？　気に入ってくれたかな？」

マリサは黙ったままうなずいた。その目が潤んでいた。

ダマソは、今夜はこれで充分だと思った。指輪をしまっておいたのは正解だった。だが、時間はもうあとわずかしか残っていない。これ以上、マリサを自分のものにするのを待ってはいられない。

マリサはほほえみすぎて頬が痛かった。ダマソとともに緋《ひ》色の絨緞《じゅうたん》を歩き、シルヴィオのスタジオに入って以来、彼女自身の作品、そして彼女が指導している若者たちの作品に対する賛辞を聞き続けていた。

シルヴィオは子どもたちをうまく導いて、作品への賛辞を受け入れながらも、それに溺れてはいけないと説いた。一度の成功ではキャリアは築けない。だが誠心誠意努力すれば夢はかなう、と。

何時間か経ってから、ようやくマリサは、にぎやかな人ごみの中でダマソとふたりきりになることができた。手をつなぎ、彼の輝く目を見て、マリサはいつものように胸が高鳴った。

マリサは胸元と手首の宝石の重さを強烈に意識し、同時に彼の存在を実感していた。マリサは自立心が揺らぐのを感じた。

でも、無理にちがうふりをする必要があるだろうか？　あなたはもうダマソのものよと主張しているのは宝石ではなく、彼女自身の心だった。

高価な宝石を贈られたとき、マリサはそれがダマソの気持ちを表すものだと言ってほしかった。マリサに対する彼の気持ちが、好意から愛へと成長してほしいと願っていた。

「来て。まだあなたの見ていない作品があるの」マリサはダマソに考えを読まれる前に、彼の手を引いて奥の部屋へ向かった。

ダマソは頭を低くし、マリサの耳元に口を寄せた。温かい息が彼女の肌をくすぐる。「ぼくのポートレートかな？」

マリサはうなずき、歩き続けた。ダマソのように勘がいい男性に心を見せすぎるのは危険だ。そう考えるや、胃のあたりが落ち着かなくなった。

ふたりはドア口に立った。幸い客足が途切れ、写真の全体を見ることができた。

その写真を見るたび、マリサの胸の中には熱い思いがこみ上げた。写真家としての彼女は構成や光、焦点やアングルを見る。女性としてのマリサはダマソを見た。

そこにあるのは、世間が見るような厳しいビジネスマンのダマソではなく、マリサがつい最近発見した彼の姿だった。モノクロの美しい写真の中に、ダマソの太い眉や鼻、頬骨や顎のライン、口元の小皺《こじわ》までが映し出されている。古びた玩具のトラックを持ってしゃがみこんでいる黒髪の男の子に寄り添う、無防備な彼の一瞬が切り取られていた。

写真の中のダマソは男の子のほうに身をかがめ、背景にぼんやりと映っているサッカーの試合の喧騒《けんそう》から男の子を守ろうとしているかのようだ。男の子を見る目に浮かんでいるのは……。

マリサは息をのんだ。ダマソは本当にいい父親になるかしらなどと、どうして疑ったのだろう？　彼の顔を見ればよくわかった。子どもを守ろうとしてじっと見守っている。トラックの荷台に土をのせる男の子を手伝いながら、口元には温かい笑みが浮かんでいた。

ダマソは間違いなくすばらしい父親になる。マリサは確信した。彼のそばにいて、自分はいい母親になれるだろうかという疑念も薄れつつある。彼の称賛と信頼がマリサに大きな自信を与えたのだ。

「この写真を展示させてくれて、ありがとう」マリサはかすれぎみの声で言い、子どもを宿しているおなかをなでたい気持ちを抑えた。

彼女の隣でダマソは肩をすくめた。「きみとシルヴィオにあれだけ言われたら断りようがなかった」

「わたしは――」

「お会いできてうれしいですわ、王女さま」

マリサは急に声をかけられ、さっと振り向いた。この国でもっとも悪名高い美術評論家の姿を見て、たちまち陰鬱な気分になった。毒舌で有名な年配の女性だ。以前大きなイベントで会ったことがあり、若い彫刻家の作品をめぐって意見が対立した。

女性の冷たい茶色の瞳は、その一件を忘れていないこと、そしてマリサを許していないことを物語っていた。

「ダマソ、あなたは会ったことがあるかしら？」マリサは彼を見た。

「もちろんだ。ご機嫌いかがですか、セニョーラ・アヴィラ？」

「セニョール・ピレス、王女さまの作品がお気に入りのようね？」

女性評論家は〝王女〟を強調するように言い、歯をむき出すようにして笑った。マリサはぞっとした。

「シルヴィオはずいぶん買っていると聞いたわ。彼女をアシスタントにすることまで考えているそうだけれど」陰険な目や刺《とげ》のある口調からして、彼女には理解できないらしい。

自分がその場にいないかのような話し方をされ、マリサはうんざりして作り笑いを浮かべていた。詳しい話を聞きたいのなら、直接シルヴィオにきけばいいのに。シルヴィオもこの女性を嫌っているから、たいして聞き出せはしないだろうけれど。

しばしの沈黙のあと、評論家はこわばった顔つきで言った。「もちろん社会的な地位は本当の才能には代えられないと言う人もいるけれど、最近のアート・シーンでは、作品の価値よりも低俗な商業主義が幅をきかすようになってしまった。だから珍奇なものが売れるのよ」

アヴィラのばかにした態度が、マリサの中の暗い部分を刺激した。どんなに虚勢を張っても、けっきょくはシリルの言うとおりで、自分にはなんの価値もないのだと思い知らされる。

マリサはダマソに手をきつく握られるのを感じ、気持ちを引き締めた。あまりにも長く劣等感に悩まされてきた。もうたくさんだった。マリサは口を開いたが、ダマソに先を越された。

「本当にものを見る力のある者だけが、ここにある作品を見て、驚くべき才能に気づくのではないでしょうか。王女という地位については、作品の目録のどこにも言及がありません」ダマソの口調は落ち着いていた。マリサの隣で、身動きひとつしていないのに、なぜか周囲を圧する存在感があった。「社会的地位について言う人は、自分に不満があるから、そんなことにこだわるんでしょうね」

マリサはあえぎ声を抑えた。まさに彼女がずっと言いたくて、けれど言ってはならないと我慢してきたことだった。

「まあ！」アヴィラは頬を打たれたように身をこわばらせ、ダマソの挑戦的な顔をにらみつけた。やがて視線を写真に移して言った。「セニョール・ピレス、この写真はあなたに新たな光を当てているわ。スラム街で、ずいぶんくつろいだご様子だこと」

女性評論家は悪意たっぷりに目を光らせ、ダマソを見すえた。

「あなたはここの出身だという噂《うわさ》があったわね。誰も本当のところは知らないらしいけれど」

マリサは反射的に一歩踏み出した。過去の話がダマソにとっていまだに生々しい問題であることを、彼女は知っていた。ところが、すぐさま彼の手で引き戻された。

「美術に興味のある方に、わたしの出身地がどんな意味があるのか、わかりませんね。わたしがファベーラで育ったのは事実です。それがなんだというんですか？　人生でよいスタートを切ったとは言えませんが、おかげで多くを学びました」ダマソの声は、いつもより低くなっていた。

ダマソはアヴィラのほうへ身を乗り出して続けた。

「わたしは今までの自分に誇りを持っています、セニョーラ・アヴィラ。あなたはいかがですか？　今まで何か意味あることを成し遂げましたか？」

女性評論家は口の中でもごもごつぶやき、逃げるようにして人ごみのほうへ消えていった。

「あんなことをしてよかったの？　彼女はあちこちで、今聞いたことを言いふらすわよ」マリサはダマソにささやいた。

「かまわない。恥じることは何もない。それより、きみは大丈夫か？」ダマソはマリサを見た。周囲の人ごみなど存在しないように、じっと。

「もちろんよ」マリサは背筋を伸ばした。女性評論家がダマソを攻撃した際に胸に湧き起こった怒りが、まだおさまっていなかった。それこそ、マリサがダマソを愛していることのあかしだった。

今、マリサははっきりわかった。これまで懸命に真実を否定してきたが、マリサはその思いを噛《か》みしめて興奮を覚えた。世界じゅうを敵にまわしても平気な気がした。

「わたしに答えさせてくれればよかったのに。わたしは弱虫のつまらない女じゃないのよ」

ダマソは口の片端だけ上げてほほえんだ。この笑みは法律で禁止にしてほしいとマリサは思った。なぜなら、わたしの心を溶かす危険な笑みだから。

「きみがつまらない女だって？　まさか」

ダマソは笑った。マリサは彼に抱きつきたい衝動に駆られた。

「しかし、ぼくが結婚しようと思っている女性が攻撃されそうなとき、いつでもそばにいられるわけじゃない。だから心配だよ」彼は真顔で言った。

ダマソが低い声で言ったとき、マリサは周囲の人たちがざわめいた気がした。単なるわたしの想像にすぎなかったのかしら？

「ここではだめよ、ダマソ！　家で話しましょう」

突然マリサは、何にも増して彼とふたりきりになりたいと思った。町のペントハウスでもいいけれど、それよりも島の隠れ家が恋しかった。

ダマソの熱い視線を浴び、マリサの心臓が跳ねた。彼は今その場でマリサを抱きしめたい様子だった。人前で結婚するつもりだと言われたら、以前のマリサなら怒っただろう。しかし、今は興奮に胸が躍っていた。

それでもあと一時間は会場を離れるわけにいかず、来場者の相手をしなければならない。とうとうダマソへの本当の気持ちが確認でき、マリサは落ち着かなかった。彼が欲しい。それも、永遠に。

ただし、自分に対するダマソの気持ちはわからないままだった。彼は美術評論家の攻撃をかわすために自分の過去を認めた。これまで慎重に隠してきた過去を。

ようやくふたりでリムジンに乗ったものの、マリサはじっと座っていられなかった。興奮のあまり、体から力を抜くことができない。自分の思いを吐き出したかったが、それでどうなるのだろう？　ダマソは決まった関係を持たないことで有名だ。子どものために結婚するだけだ。

でもさっき、意地悪な評論家からわたしを守ってくれた態度は、何かを意味しているのではないかしら？　もしかして、ダマソはわたしを愛しているのでは？

その考えが遠くに見える灯台の光のように輝いて、マリサの心を希望で明るくした。

たとえダマソに愛されていなくても、マリサはもはや抵抗できなかった。いずれにしても、わたしは彼と結婚する。ダマソ以上の男性、彼以上にわたしが愛せる男性はいない。

ダマソとともに一生を送りたい。

迷いが消えて、肩の荷が軽くなった。マリサは愛が欲しかった。それを得るために努力すれば、いつか彼が愛してくれる日が来る気がする。

マリサは自分の考えに夢中で、ダマソに話しかけられるまで、彼が電話で話していたのに気づかなかった。

「悪いニュースだ、マリサ。カリブ海の新しいリゾート施設で火災があった」

「怪我《けが》人は?」

「今、調べている。とにかく、今夜のうちに行かなければならない」

マリサはダマソの拳に握った手に、そっと手を重ねた。彼がどれほどスタッフの身を心配しているか、マリサはよく知っていた。何週間かのうちに開業するはずだったこの新しい施設は、長いあいだ、ダマソの仕事の中心だった。

「もちろん行くべきだわ。多くの時間を割いて、力を注いできたんですもの」

「一週間か二週間は行っていることになる。きみも一緒に行こう。ひとりきりでおいていくわけにはいかない」

マリサはかぶりを振った。「わたしがいたら邪魔になるし、わたしにも仕事があるわ。シルヴィオや子どもたちがいるでしょう」それに、やり残していることがひとつある。

ダマソの反対を口実に、マリサは故郷から離れたままでいた。彼が過去に向き合ったように、マリサもまた、いつかは自分の過去と向き合わなければならなかった。

マリサの過去とは、シリルとベンガリアの王室、そしてマスコミだった。戴冠式などなかったかのようにブラジルで暮らしているのは、自分自身を恥じて隠れているようで、いやだった。

真正面から立ち向かわなければ、顔を上げて生きてはいけない。

マリサは自分が望むような女性になる決心をしていた。自分のためばかりでなく、ダマソや子どものためだ。ステファンのためでもある。みんなに、今の自分を誇りに思ってもらいたい。

ダマソのように強くなりたかった。過去はマリサの一部だけれど、それに怖《お》じ気《け》づくことはないと、自ら証明したかった。

戴冠式に赴いて過去と向き合い、人生のふたつの局面に折り合いをつける――それができて初めて、ダマソから愛される女性になれるかもしれない。

「マリサ、どうした？　いつもと様子がちがうが」

彼女は抑えきれない高揚感を胸に覚えながら答えた。「心配しないで。あなたがいなくても、わたしは大丈夫よ。忙しくしているから」

自分の過去との対決をマリサは独力でやり遂げるつもりだった。

14

カリブ海での二週間は、二カ月にも感じられた。いや、それ以上だった。

ダマソはペントハウスへ向かうエレベーターのボタンを勢いよく押し、すっかり伸びた髪をかき上げた。顎をこすると、無精髭《ひげ》でざらついている。飛行機の中で剃《そ》るべきだった。だがダマソは予定より二日早く帰宅するためにさまざまな手配をしなければならず、必死に働きつづけた。

髭は帰宅してから剃ればいい。

ただ、マリサを見たら、髭で彼女の肌を傷つけまいとする気遣いなど、どこかへ吹き飛んでしまうだろう。何も彼を引き止められはしない。

は今すぐ彼女が欲しかった。これほど女性を必要としたことはなかった。

ドアが開くなり、ダマソは中に飛びこんだ。

「マリサ？」

大きな歩幅で、ダマソは居間を通り抜けて寝室に入った。いない。彼は廊下に出た。

「マリサ？」

「セニョール・ピレス、お帰りはもっと先のはずでしたが」ベアトリスがエプロンで手を拭きながら現れた。

「予定を早めた。マリサはどこだ？」ダマソはマリサの姿を捜した。彼の声が聞こえているはずだ。

ベアトリスは手の動きを止め、眉を上げた。「いらっしゃいません、セニョール」

ダマソはたぎる血がいっきに冷え、鼓動が遅くなった気がした。

「戴冠式のために、ベンガリアに行かれました」

ダマソはショックをまぎらせようと、足を踏み替えた。電話で毎日話していたのに、マリサは出かけることについて何も言わなかった。

ぼくに止められることを恐れたのだろうか？　そうとしか考えられない。

展示会の夜、ダマソが結婚を口にしたとき、マリサは急いでその場を離れようとした。あれは、ぼくから離れると決めていたからか？

「セニョール、大丈夫ですか？」

ダマソは頭を振って、こみ上げてきた不快な気分を抑えようとした。壁に手をついて体を支える。

「何か飲み物をお持ちしましょうか？」

「いや、いい」ダマソはしわがれた声で答えた。

マリサ以外は何もいらない。なんてことだ！　ダマソは足元から世界が崩れていくような気分に襲われた。

ベアトリスの心配そうな視線を無視して、ダマソは寝室に戻った。

十五分後、ダマソはベッドに寝ていた。マリサに連絡しようとしたが、電源が切られていた。メールも届いてはいなかった。

寝室のテーブルの引き出しに、シリルからの手紙が残されていた。戴冠式への出席を要請する手紙だ。帰国して、シリルがマリサの結婚相手と定めた男と会うようにと書かれている。

ダマソは胃がむかつき、喉に苦いものがこみ上げた。マリサはぼくのもとを去り、忌み嫌っていたシリルのところへ行ったのだ。

悲惨な生い立ちを持つ男より、血筋のいい男との結婚を選んだのか？　ぼくはしょせん、ビジネスでの成功しか誇れるもののない男だ。スラム街の出身であることを、傷として一生背負っていくしかないのか？　そんなことはマリサには関係ないと思っていた。だがそれ以外、理由は考えられない。

それとも、マリサはぼくがいい父親になれるかどうか疑ったのだろうか。子どもに愛情を注げない男だと見限ったのか？　愛情が何かも知らない者が、それを誰かに注げるはずはないと。

恐怖に駆られ、胸の奥底に隠れていた自信を喪失した惨めなダマソがえぐり出された。

そのとき何かに膝をつつかれて、彼はそちらを見た。マリサのみすぼらしい愛犬が寄りかかり、ダマソの脚に顎をのせてじっと見ていた。

ダマソは犬をなでた。体毛が驚くほど柔らかい。耳をかいてやると、気持ちよさそうに目を細くした。

「おまえも寂しいだろう、マックス」

奇妙なことに、ダマソはごく自然に犬に話しかけていた。脚に感じる犬の重みと温《ぬく》もりに心が癒やされる。

もし二度と帰ってこないつもりなら、マリサはこの犬を連れていったのではないだろうか？

ダマソは一縷《いちる》の望みに力を得た。

「くよくよするな」ダマソは背筋を伸ばした。「何があっても、マリサは取り戻してみせる」犬を元気づけているのか、自分自身を元気づけているのか、ダマソはあえて考えないようにした。

壮大で、すばらしい大聖堂だった。だがダマソはほとんど目もくれず、案内係が止めようとするのを無視して緋《ひ》色の絨緞《じゅうたん》の上を進んだ。

花々の香りと高価な香のにおいが立ちこめ、何かを待ち受けるような雰囲気の中で、パイプオルガンの音が荘厳に鳴り響いている。

ダマソは歩調をゆるめて周囲を見渡した。混み合う席には、制服やダークスーツの男たち、聖職者、ドレス姿の女性たちがいた。女性たちは帽子で顔が隠れていて、顔を上げなければ誰なのかわからなかった。

「マリサ王女はどこにいる?」ダマソは案内係に噛《か》みつくように言った。

「王女さまですか?」案内係は不安げに視線を正面の席のほうへ投げた。目を丸くしている案内係をその場に残し、すぐさまダマソはそちらへ向かった。

人々が顔を上げて彼の姿を追ったが、彼は右も左も見ず、最前列だけを見ていた。淡い青やレモン色、アイボリー、ベージュ。ダマソは女性ひとりひとりを確認していった。白、ピンク、グレー。女性たちは地味な装いだった。戴冠式のための装いに関する決まりでもあるにちがいない。高価ではあっても決して目立ってはいない。

ダマソは反対側へ目を移した。グレー、黒……突然、深みのあるサファイア色に、島の浜辺の夕焼けを思わせる鮮やかなオレンジ色が目に飛びこんできた。ついにマリサを見つけたのだ。

マリサは日に焼けた腕をむき出しにしたドレスを

着ていた。地味な色合いの中で、そこだけ明るかった。マリサが頭を動かすと、金髪が光を反射して明るく輝いた。後ろから見ても、どこか生意気な雰囲気がただよっていた。

ダマソは歩調をゆるめて、列の後ろに立った。マリサは胸元に美しいトパーズのネックレスをつけていた。ダマソは思わずそれを見詰めた。何百万人に向けてテレビ放映されるはずのイベントに、マリサは彼からのプレゼントを選んだ。そのことにどういう意味があるのだろう？

周囲が騒がしくなった。案内係が追いついて、正しい席に座るようにとささやいた。

マリサは隣に座っている男と話していた。彫りの深い、絵に描いたようなハンサムな男だ。白い上着には金色の肩章がついていて、前に金色のボタンが二列あり、目の色と同じ青い飾帯をつけている。

ダマソは拳を握った。マリサが結婚することになっているのは、この男だろうか？

マリサは男をはねつけるどころか、親しげに言葉を交わしている。男が何か言い、マリサは彼の袖に手をかけて顔を寄せた。

ダマソの胸の中で何かがはじけ、冷たい怒りが沸き起こった。

「どうかこちらのほうへ。ご案内いたします……」案内係が困り果てて言った。

「だめだ」ダマソの声は低く、かろうじて聞こえる程度だったが、動物のうなり声のような響きを帯びていた。案内係は驚いて飛びのき、周囲の人々の視線がふたりの男にいっせいに注がれた。

「ダマソ？」マリサが目を大きく見開いた。

彼女が隣の男の袖から手を離さないのを見て、ダマソは新たな怒りが胸にこみ上げるのを感じた。

マリサは通廊に立ちはだかっている男性を見上げ

「戴冠式に来たわけじゃない。きみを迎えに来たんだ」

その言葉を聞いて、マリサは喉を締めつけられた。自立することに誇りを感じてきたけれど、所有権を主張するようなダマソの態度は、心の奥底にある憧れに訴えかけた。

背後で、女性たちが身を乗り出す気配がした。「マリサ？　ぼくがなんとかしようか？」隣にいる男性が声をかけてきた。

マリサが答えるより先にダマソが進み出て、男性に向かって言った。「マリサは自分で話ができる。きみの助けはいらない」

これまでマリサが聞いたことのない、威嚇するような声だった。ダマソの目は炎のように燃え、表情には猛々《たけだけ》しさが満ちている。

「ダマソ、お願いだから」

「何がお願いなんだ？　立ち去れというのか？」


た。正装をして、髪も完璧に整っているのに、どこかすさんだ雰囲気が漂っていた。

胸が高鳴った。ダマソがいると知って、興奮と喜びが全身にみなぎる。「どうしてあなたがここにいるの？」まさか、シリルはまだ生まれていない子どもの父親を招待してはいないだろう。

「いけないか？」ダマソは案内係を振り払いながら言った。檻《おり》に閉じこめられた野生動物のように、この上なく危険な気配があった。

マリサは何も言わずにかぶりを振った。いけないことなどない。気がかりなのは、彼がここにいるという事実だけだった。マリサは胸の鼓動が速まるのを感じた。

ダマソは手のひらを上にして腕をまっすぐに伸ばした。「おいで」

マリサはダマソを見詰めた。「戴冠式はどうするの？　もうすぐ始まるわ」

ダマソの目がマリサに向けられた。その視線に肌を焼かれるようで、マリサは甘美なおののきに全身を震わせた。

「それはできない。ぼくはそう簡単には引き下がらないぞ」

「引き下がるかどうかではなく……」

「マリサ、今すぐ話し合おう」

「お願いだから式のあとにして」マリサは倒れた椅子を身ぶりで示した。「あとで必ず用意をさせるから……」

ダマソは恐ろしい目で、彼女の隣にいる男をにらみつけた。「ぼくがこの男の横にきみをおいておくと思うのか？」

そのとき男性がダマソにつかみかかり、マリサはあわててふたりを引き離した。

「やめて、アレックス。ダマソも」彼女は抑えた声で言った。「ふたりとも騒ぎを起こさないで。みんなが見ているわ」それでもマリサの心の一部は、ダマソのひたむきな熱意を歓迎していた。

「ぼくと一緒に来るか？」

深みのあるダマソの声は、ラム酒を垂らした濃いコーヒーのように魅惑的で、マリサを誘惑した。

「ダマソ、どういうつもりか知らないけれど、わたしは――」

一瞬の動きで、その続きは言えなかった。気づいたときには、マリサはダマソに抱き上げられていた。視界の隅に、テレビ・カメラがふたりに向けられているのが見えた。がぜん周囲が騒がしくなった。

「マリサ！」

アレックスのあわてた声に、マリサがそちらを向くと、彼はすぐそばで今にもダマソに飛びかかろうと身構えていた。どんな場所より、ダマソの腕の中にいたいとマリサが望んでいることなど、アレックスには想像もつかないだろう。マリサはアレックスの手をさっと握った。

「これでいいのよ」マリサはささやいた。「わたしは大丈夫だから」

ダマソが体の向きを変えると、アレックスの手はマリサの手から離れた。ダマソは止めようとする人たちをかわしながら、長い通廊を戻りはじめた。

たぶんタブロイド紙に書き立てられたとおり、マリサは礼儀知らずなのだろう。ダマソのスキャンダラスな振る舞いに激怒するどころか、彼の男としての独占欲を誇示するやり方に興奮しているのだから。そして胸には希望がふくらんでいた。

ダマソはわたしを愛しているにちがいない。そうでなければ、これほど乱暴な行動に出るはずがない。アレックスをにらみつける目に宿っていたのは、間違いなく嫉妬だった。

「電話をくれればよかったのに」マリサはダマソの固い胸に頬を寄せてささやいた。


ダマソは足を止めて彼女を見下ろした。「きみの電話にはつながらなかった」ダマソは眉をひそめて、疑うような目をしてたずねた。「戴冠式に来ることを、なぜぼくに言わなかったんだ？」

マリサは顔をしかめて彼の頬をなでた。「言ったら、ついてくるだろうと思ったからよ」

ダマソは不満げに顔をこわばらせた。「王が選んだ結婚相手とひとりで会いたかったのか？」

「知っていたの？」

「そのために来たんだろう？　きみの本当の姿など知ろうともしない、どこかのハンサムな王子さまと婚約したかったのか？　他の男の子どもを身ごもっているのも気にしない腑抜《ふぬ》けと」

周囲であえぐような声が聞こえたが、マリサはダマソだけを見ていた。彼の乱暴な言葉には、痛みがにじんでいた。心を引き裂かれ、プライドを打ち砕かれた痛みが。

それは、子どものことしか愛していない男性とともに歩む将来を考えたときに自分も感じた痛みだった。

まさかダマソもわたしと同じように苦しんでいたとは。

「あの男はきみの相手じゃない、マリサ」

「わかっているわ」マリサは小声で応じ、最初、ダマソに聞こえなかったのかと思った。だが彼は立ち止まり、マリサを見詰めた。その目の暗い輝きに、彼女は魅了された。

「わかっているだって？」

ダマソがうなるような声できき返した。今まで見たことのないような厳しい表情に、マリサは胸を締めつけられた。本当かしら？　わたしの望んでいたことがとうとうかなうの？

「わたしはここに、婚約者を選びに来たわけじゃないわ。ベンガリアの王女だから来たのよ。戴冠式に出席するのは義務だし、その権利もある。住むつもりはないけれど、ここはわたしの国よ」

「だったら、きみはどこに住むつもりなんだ？」ダマソは、かろうじて聞き取れるくらいの低い声でたずねた。

その響きに、マリサは全身を震わせた。

「ブラジルがよさそうね」

ダマソの体にショックが走るのを、マリサは感じた。どこか遠くでカメラのフラッシュが光る。

「じゃあ、ぼくから離れようとしているわけではないんだな？」

マリサはこっくりとうなずいた。初めて彼の心に触れた気がして、喉が詰まって息苦しい。それは切望と痛みと決意の表れでもあった。

「ぼくと結婚するんだな？」

それは質問の形を借りた断定だった。ふたたびマリサはうなずいた。

「どうしてだ？」

マリサは驚いた。そもそも結婚を提案したのはダマソのほうだ。彼は気が変わったのだろうか。マリサは不安になってささやいた。「同じ質問を、わたしもしたいわ」

「ぼくがきみと結婚したい理由をか？」

マリサは三たびうなずいた。こんな話をするのに最適な場所でないことはわかっていた。けれど、式典があろうと自然の災害があろうとかまわない。とにかく知りたかった。

ダマソの口の端がゆっくりと動いて、かすかな笑みが浮かんだ。それはさらに広がって満面の笑みになり、えくぼが生まれる。ダマソの険しい顔が、これ以上ない魅力的な笑顔になった。

「これからの人生を、きみとともに歩んでいきたいからだ」

ダマソはマリサを抱き寄せ、唇を重ねた。彼女を見詰める目は、王女という肩書よりもはるかに貴重なものを約束していた。

「きみを愛しているからだ」

マリサは彼の言ったことがにわかには理解できず、目をしばたたいた。「もう一度言って」

ダマソは顔を上げ、混み合った大聖堂じゅうに響くような声で言った。

「心の底からきみを愛している、マリサ。きみの夫になりたい。この世に、きみほどぼくに合っている女性はいない」

ダマソがわたしを愛している……。

胸に熱い思いがこみ上げて、涙があふれ出た。マリサはしゃくり上げながら、幸せを噛みしめた。こんな気持ちになったのは生まれて初めてだった。

「さあ、今度はきみの番だ。どうしてきみがぼくと結婚したいのか聞かせてくれ」

彼の視線がマリサの腹部に移動した。彼女はダマソが子どものことを考えているのだろうと察した。

マリサはかぶりを振った。それが彼と結婚したい理由ではなかった。

「わたしもあなたを愛しているからよ、ダマソ。心の底から愛している、あなた以外の男性とは一緒にはなれない。ぜったいに」

ふたりのまわりでは大騒ぎが起きていた。

「ずっとあなたに恋をしていたの」マリサはダマソを引き寄せて、彼ひとりに聞こえるようにささやいた。「あなたと一緒に過ごすようになって初めて、わたしは生きる喜びを知った」

ダマソは目を輝かせた。「せっかく来たのだから、戴冠式に出たいんじゃないか？」声が震える。

「いいえ、それよりあなたと一緒にいたいの、セニョール・ピレス。わたしを家に連れて帰って」

ダマソの笑みが思わせぶりになった。彼が王女を抱いたまま通廊を歩いていく横で、女官がふたり、卒倒せんばかりだった。

「わたしが非難されるなんて！　乱暴なことをしたのはあなたなのに」

ダマソは専用ジェット機のラウンジに座って炭酸水を飲んでいる美しい女性にほほえみかけた。

マリサはぼくのものだ。そのことにみじんの疑いもない。

この胸にあふれているものはなんだろう？　救いだろうか？　勝利感？　喜び？　どう名づけようとかまわない。ダマソの胸は幸福感で今にも張り裂けそうだった。

「叔父上は大丈夫だろう」ダマソはマリサの横に座り、彼女の腿に手をおいた。ドレスの繊細なシルクを通して彼女の温もりが伝わってくる。

「さあ、どうかしら。他に用事ができたから戴冠式に出られないとわたしが言ったときの、シリルの顔といったら！　心臓発作でも起こすんじゃないかと思ったわ。それにしても、戴冠式で出し抜くなんて、礼儀知らずなことをしたものだわ」マリサは反省するようにかぶりを振った。

ダマソの手がマリサの脚の付け根のほうへと向かったが、マリサはそれを止めようとはしなかった。

「少なくともこれで、政略結婚の計画はなくなるわね」

「あのハンサムな王子とは、幸せになれなかっただろう」マリサに必要なものを与えられるのはぼくだけだ。彼女が愛しているのはただひとり、このぼくなのだから。

「もちろんよ」

マリサが身を乗り出した。その一瞬、ダマソは美しい胸の谷間に目を奪われた。

「彼は、ぼくを止める意気地もなかった」ダマソは満足げな様子で手をマリサの腰に移した。彼女が震えるのがわかった。

マリサはぼくのものだ。

「アレックスのことを言っているのね。彼は、シリルがわたしの結婚相手に選んだ人じゃないわ。彼は友人よ」

「ベンガリアに友人はいないと思ったが」この期におよんで、ダマソは嫉妬を覚えた。アレックスという男は、どれほど親しい友人なんだ？

マリサは肩をすくめた。ダマソの顔をうかがうように見ながら言う。「わたしというより、ステファンの友人だったの。何年も会っていなかったわ。それに、そう、彼はわたしに合う男性じゃない」

「ぼくは合うだろう？」ダマソはこの先ずっと、そのことをマリサに受け入れてほしかった。

「確かにそうね」

マリサは片手をダマソの頬に当てた。彼の肌をなでながら信じられないほどの安らぎを覚える。

「あなたといると、わたしはいい人になれるのよ、ダマソ。なぜか、自分のしたことや、していることを誇りに思える。将来に自信が持てる。逃げてきたことに向き合う力を与えてくれるわ」

「きみはぼくと会う前から、強い女性だったんだよ、マリサ」ダマソは彼女ほど攻撃的で自立心の強い女性は見たことがなかった。

マリサはかぶりを振った。「あなたが過去と向き合って、人生を前向きに生きていけるようになったのを知って、わたしは初めて自分が臆病だったことに気づいた。シリルやマスコミの目を気にして、祖国から逃げていたなんて。だから、帰らなければならなかったのよ。皆に、そして自分に、わたしがわたしであることに満足していると証明するために。みんなの期待どおりにはなれないけれど、それは問題じゃない」

「きみは今のままで完璧だよ」

ダマソはマリサのおなかをなでた。会わなかった二週間で、だいぶふくらみが増していた。彼はそこを守るかのように、手のひらで覆った。

ぼくのマリサ。ぼくの子ども。

マリサは身じろぎして、ダマソから視線をそらした。炭酸水をごくりと飲む。

「どうした？　何かあったのか？」すぐにダマソは、マリサの様子の変化に気づいた。

マリサは肩をすくめた。「なんでもないわ」

だが彼女の笑みは、それまでほど明るくはなかった。ダマソはマリサの首を傾けて、彼を見ざるをえないようにした。「何か気にかかることがあるんだろう？　言ってごらん」

彼女はまた肩をすくめた。「なんでもないわ」

「マリサ、きみは今まで嘘《うそ》をついたことはないだろう。正直なところがきみの長所のひとつだ。本当のことを言ってごらん。何かいやなことがあるなら、ふたりで解決しよう」

マリサは青い瞳でじっとダマソを見た。その視線は鋭く、彼の胸の内まで見抜くようだった。

ダマソもまっすぐに見返した。彼女に対して隠すべきことは何もなかった。

「あなたが父親になるのに積極的なのはうれしいわ」マリサはそこで言葉を切った。

「でも？」

マリサの頬が赤く染まった。「でも……」彼女は唇を噛んだ。

ダマソは島で暮らしはじめたころ、彼女が結婚の申し出を拒絶したことを思い出した。マリサは子どもができたからといって、それが結婚するに足る理由だとは考えなかった。

「ぼくが求めているのはきみではなく、子どものほうではないか――そう疑っているんだね？」ダマソはきいた。

マリサは答えようとして口を開いたものの、ダマソが指を彼女の口元に当てて制した。

「ぼくは子どもを愛してる。そして、いい父親になるように努力するつもりだ」ぼくにとっては、ビジネス上の取り引きよりも難しい挑戦になるかもしれない。「だが、もし子どもができなくても、ぼくはきみを心から愛してる」

マリサは輝く目で彼を見上げた。ダマソは彼女の手からグラスを取ってテーブルにおき、空いた両手を握った。その手は震えていた。あるいは、震えているのはダマソのほうかもしれなかった。

「きみはぼくの太陽であり、星であり、月でもある。仕事以外に大切なものをぼくに教えてくれた。ぼくという人間の価値を決めるのはビジネスでの成功ではなく、誰を愛するかだったんだ」

ダマソはマリサの手を持ち上げてキスをし、さわやかな青りんごと太陽の香りを吸いこんだ。これがこれからもずっと、ダマソのお気に入りの香りになるだろう。

「きみと知り合うまで、ぼくは自分が誰かを愛せるとは思っていなかった」

マリサの目は涙で濡《ぬ》れていた。その笑顔は彼が見た中でもっともすばらしいものだった。

ダマソは彼女の前に膝をついた。「ぼくのものになってくれるか、マリサ？　無理に結婚をする必要はない……」

今度はマリサが彼の唇に指を立てた。

「結婚するわ、ダマソ。あなたがわたしのものだということを、みんなに知ってもらいたい」

マリサが輝くような笑みを浮かべるのを見て、ダマソは全身に温かさが広がるのを感じた。

「じつは奔放な王女をやめて、世間的にきちんと何かをすることに憧れていたの。その相手があなたなら、うれしいわ」

ダマソは立ち上がってマリサを腕に抱き、寝室へと向かった。「残念だな。ときどきは、少し奔放なことをきみとしてみたいのに」

マリサは巧みに手を動かしてダマソのボウタイをはずし、彼の肩ごしに放り投げた。そして誘惑するようにほほえんだ。

「少しくらいならなんとかできると思うけれど、セニョール・ピレス」

ハーレクイン®

あの夜に宿った永遠
2015年6月5日発行

著　　者	アニー・ウエスト
訳　　者	茅野久枝（ちの　ひさえ）
発 行 人	立山昭彦
発 行 所	株式会社ハーレクイン 東京都千代田区外神田 3-16-8 電話 03-5295-8091（営業） 0570-008091（読者サービス係）
印刷・製本	大日本印刷株式会社 東京都新宿区市谷加賀町 1-1-1
編集協力	株式会社遊牧社

ISBN978-4-596-13070-9 C0297

6月12日発売 # ハーレクイン・シリーズ 6月20日刊

ハーレクイン・ロマンス
愛の激しさを知る

指環はロシアンゴールド	ルーシー・モンロー／相原ひろみ 訳	R-3071
家政婦は籠の鳥	シャロン・ケンドリック／萩原ちさと 訳	R-3072
ジュリエットの純愛	シャンテル・ショー／佐倉小春 訳	R-3073
支配者と運命の女（背徳の富豪倶楽部Ⅲ）	ヴィクトリア・パーカー／片山真紀 訳	R-3074

ハーレクイン・イマージュ
ピュアな思いに満たされる

ナニーと最後の独身貴族（ブルースターの忘れ形見Ⅲ）	スーザン・メイアー／深山ちひろ 訳	I-2375
涙色のほほえみ	ベティ・ニールズ／水月　遙 訳	I-2376

ハーレクイン・ディザイア
この情熱は止められない！

億万長者とメイドの一夜	ハイディ・ベッツ／神鳥奈穂子 訳	D-1663
富豪との許されざる恋	ジェニファー・ルイス／中野　恵 訳	D-1664

ハーレクイン・セレクト
もっと読みたい“ハーレクイン”

誘惑のエーゲ海	ジュリア・ジェイムズ／鈴木けい 訳	K-324
記憶のなかのあなた（嵐のごとくⅢ）	アン・メイジャー／千草ひとみ 訳	K-325
せつない愛人	キャサリン・マン／氏家真智子 訳	K-326
ストーリー・プリンセス	レベッカ・ウインターズ／鴨井なぎ 訳	K-327

文庫サイズ作品のご案内

◆ハーレクイン文庫…………毎月1日発売

◆MIRA文庫……………毎月15日発売

※文庫コーナーでお求めください。